Lovely Angels
ふわふわ Candy 2
ミンク　原作
雑賀匡　著
INO　原画
PARADIGM NOVELS 102

登場人物

★ Candy ★

俊平の従妹。Candyは源氏名で、本名は朋華。北海道から上京し、学校に通いながら「Minkest」でアルバイトしている。

朋華と同じイメクラで働いている女の子。同じ名前だったために、俊平が朋華と間違って指名してしまい、知り合った。

★キャンディ★

第一章 Candy

第二章 キャンディ

第六章　キャンディ&Candy

目次

プロローグ

睦月俊平《むつきしゅんぺい》は人通りの多い繁華街を早足で通り抜けながら、ちらりと腕時計を見た。時計は、もうすぐ三時を示そうとしている。

「ヤバイな……間に合わないかもしれない」

俊平は短く舌を打つと、人込みを掻《か》き分けるようにしながら更に足を速めた。

初夏の日差しは去年の同じ時期よりも強烈だ。ずっと早足で歩き続けていた俊平の背中には、シャツが汗のためにべっとりと張り付いていた。

……ったく、なんでオレがこんなことをしなきゃならないんだっ？

元から乗り気ではなかったし、暑さによる不快感も加わって、俊平はなんだか馬鹿らしい気分になってきた。

俊平は従妹《いとこ》の如月朋華《きさらぎともか》と会うために、彼女の指定してきた場所へ向かっているのだ。

そもそも、これは俊平が望んだことでも朋華が望んだことでもなかった。

話は二日前に遡《さかのぼ》る。

発端は母からの電話であった。いつものように近況を問うための電話ではなく、めずらしく従妹である朋華に関する内容だったのだ。

「叔母さん……向こうのお母さんも心配しちゃってねぇ」

プロローグ

「ふ～ん、朋華がね」

数年ぶりに聞いたその名前と母親の話に、俊平はなんとなくギャップを感じていた。

従妹の朋華は、俊平と同じように地元の北海道から出て来て、学校に通うために東京で一人暮らしをしている。もっとも、これは俊平もその時に初めて聞いた話で、彼女がそんな年齢になっていることを失念するぐらい会っていなかったのだ。

確か二十歳にはなっているはずだ……と、俊平は頭の中で計算した。

その朋華が親に内緒で深夜のアルバイトをしているらしい。

「そりゃ、叔母さんも心配だろうな」

俊平はご無沙汰《ぶさた》している叔母の顔を思い浮かべて、思わず同情してしまった。

可愛い一人娘が東京で一人暮らしをしているだけでも心配だろうに、しかも無断で深夜のアルバイトとは……。

「でね、ちょっとあんた様子を見てきてくれない？　連絡先を教えるから」

「え？　なんでオレが……」

「だって、親類で東京に出てるのはあんただけなんだから。あんたも、昔は朋華ちゃんとよく一緒に遊んだでしょ？」

「うん、まあね」

俊平も多少は気になるし、叔母さんの心配もよく分かるが、わざわざ出向くのはなんとなく面倒《めんどう》だった。

「私も心配なのよ。あの娘《こ》、ちょっと変わってるから」

「そうだなぁ……見てると楽しいけど、かまうと疲れるタイプだな」

「そんなこと言わないで。めんこくなったわよ、あの娘」

「しょうがないな。分かった……見てくるよ」

俊平は仕方なく承知した。他に親類がいない以上、従兄としてはやむを得ないだろう。

それに数年ぶりに朋華の顔を見るのも悪くない。

「そうしてもらえる？　向こうのお母さんには、私から伝えておくから」

母親はホッとしたような声で言った。

たぶん、叔母に泣きつかれて、仕方なく俊平に電話を掛けてきたのだろう。

「じゃあ……連絡先を教えてくれ」

「はいはい、ちょっと待ってね」

母親から教わった住所と電話番号をメモしながら、朋華が案外、近い場所に住んでいることを知った。電車なら数駅といったところだ。

学校の都合もあるだろうが、いざという時のことを考えて、俊平の側《そば》に住まわせたのは叔母夫婦の配慮ではないだろうか。

俊平は母親からの電話を切ると、すぐに聞き出した番号をプッシュしたが朋華はなかなか電話には出なかった。その後も何度か掛けてみたが、ようやく朋華を捕まえたのは深夜の零時を過ぎた頃だ。

事情を説明し、とりあえず会いたいという旨を伝えると、朋華は少し躊躇《ちゅうちょ》した後、彼女の仕事場の近くを指定してきた。

学業と仕事で時間に余裕がない……というのが理由だった。

一体、どんな仕事をしているのか訊《き》きたかったのだが、彼女は当日に説明すると言ったまま電話を切ってしまった。

……これでは叔母さん達が心配するのも無理はないだろうな。

俊平は受話器を置きながら溜息《ためいき》をついた。

そして、その当日。

家を出るのが遅くなってしまい、約束の午後三時までには間に合いそうもなかった。

……朋華の奴、時間にはうるさかったからな。

途中で信号に捕まってしまい、イライラしながら近道でもないかと辺りを見回した時。

「…………!?」

俊平の視界に、一人の女の子が飛び込んできた。

知り合いではない。初めて見る見知らぬ女の子だ。だが、何故かしばらくの間、俊平の目はその女の子に釘付《くぎづ》けになってしまった。

確かに可愛い娘だが、飛び抜けた美人というわけではない。

だが、俊平はその娘から目を離すことができなかった。可愛いのに、どこか物憂げな表情を浮かべているせいだろうか。

俊平は今の自分の立場も忘れて、思わず声を掛けてみたい衝動に駆られた。無意識のうちに彼女に向けて足を踏み出そうとした瞬間。

信号が変わって、周りの人々が一斉に動き始めた。

「おっと……」

周りに流されまいとして俊平が慌てて体勢を整えた時、その女の子はすでに人込みの中に姿を消してしまっていた。

一目惚れ《ひとめぼ》……というのは結果論に過ぎない。

俊平は常々そう思っている。最初、誰かに惹《ひ》かれるのは感動に過ぎず、惚れるか惚れないかは付き合ってみないと分からないのだ。

だから、気になった女の子には声を掛けてみよう、というのが俊平の信条であった。

それはともかく……。

「あ……しまった！」

プロローグ

しばらくの間、女の子の消えた辺りを呆然《ぼうぜん》と眺めていた俊平は、自分が朋華との待ち合わせ場所に急いでいたことを思い出し、慌てて先を急いだ。

約束の時間から、もう十分ほど過ぎている。

俊平は焦る気持ちを静めて足を速め、朋華から聞いた住所だけを頼りに目的地を探した。

そして、ようやくそれらしい場所を見つけたのだが……。

「なんで、こんなところで待ち合わせなんだ？」

朋華が指定してきた場所というのは、派手なネオンの装飾に彩られた「イメージクラブ Minkest《ミンケスト》」の前であった。

……確か、仕事先の近くだとか言ってたのに。

周りは同じような風俗店や飲み屋しかない。この時間なので、さすがに酒を飲ませる店は開店前だったが、目の前のイメクラや幾つかの風俗店は呼び込みを始めている。

……ここで待ち合わせか、おい。

指定された場所に彼女の姿はない。俊平は居心地の悪さを感じながらも、しばらくその場に立ち尽くして朋華を待った。

だが、十分経っても二十分待っても彼女は現れなかった。

朋華は昔から待ち合わせの時間には厳しかった。もしかしたら、すでに帰ってしまった後なのかもしれない。確かに遅刻した俊平が悪いのだが、少しぐらいは待っててもよさそうなものである。

もっとも……この場所で、女の子がジッと立っているのも大変だろうが……。

「お兄さん、どうしました？」

不意に目の前の店の店員らしき男が声を掛けてきた。愛想笑いを浮かべながら、俊平の方に近寄ってくる。

「ん、いや……別に……」

「別にって、待ち合わせですか？　すっぽかされたんでしょう？」

「余計なお世話だ」

俊平はムッとして男を睨《にら》み付けた。

だが、男は怯《ひる》む様子もなく、まあまあ……となれなれしく俊平に笑顔を向ける。

「そんな怒らないで。どうですか？　寄っていきませんか？」

「いや、いいよ……」

俊平は慌てて首を振った。

「そんなこと言わずに……どうです？　うちは高級イメージクラブです。最上級の可愛い女の子がたくさんいますよ。後悔はさせませんから、遊んでいきましょうよ」

男は俊平に向かって勧誘の言葉をまくし立てた。

「いいです」

きっぱりと断った。……つもりだったが。

「いやいや、そんなカリカリしてると絶対に身体に毒ですよ。うちでパーッと発散していきましょう」

男はなおもしつこく誘いを掛けてくる。

「オレは人を待ってるんだよ」

「いいじゃないですか。もう、三十分以上もここに立っているでしょう？」

その言葉に、俊平は思わず男を見つめた。

……ずっと見られていたのだろうか？

考えてみれば、こんな場所で一人で立っているのは目立つかもしれない。いかにも勧誘してくれと言わんばかりだ。

「女の子ですか？　悪いヤツですねぇ……こんな色男を待たせて」

「…………………」

俊平はなにも言い返せなかった。

いい悪いは別にして、朋華も十分ぐらいの遅刻で帰らなくてもよさそうなものである。

「分かりました。そんな不憫《ふびん》なあなたのために、私が特別サービスしちゃいます」

沈黙したままの俊平を見て、男はポンと手を叩《たた》いて言った。

「げっ、おじさんがサービスするの⁉」

「……そんなはずないじゃないですか。まあ、ご要望とあれば私も仕事ですから」

「いい、絶対にいい」

俊平は思いっきり首を振った。この手の話題には冗談でも付き合う気はない。

「まあ、それはおいといて……今日はあなたにMinkestの中でもNo.1の娘を、なんと割引価格でおつけしますよ」

「No.1……?」

俊平は男の言葉に少し惹かれてしまった。

「そうNo.1です。可愛いのは当たり前、身体はナイスでおっぱいバーン、サービス満点。もう、これは寄っていくしかありませんて」

男の勢いに押され、なんとなくその娘のことが気になってきた。もちろん、可愛い娘は嫌いじゃないし、そんな娘と遊べるのなら……。

「どうしようかな」

俊平はしばし迷った。

この様子では明華はもう現れそうにもないし、せっかく暑い中をわざわざここまで来たのだ。むなしく帰るよりは、この男の誘いに乗ってみようか……という気になったのだ。

「おっと、その答えは迷ってる?」

俊平の心情を機敏に察知して、男は更に踏み込んできた。

「迷ってる時は決まりですよ。さあ、入りましょう入りましょう」

「え、ちょっと待ってよ……」

「さあ、色男一名さまご案内っ」

男は俊平の手を掴《つか》んで、強引に店の中へと引きずり込んだ。

その強引さには閉口したが、引きずられながらも、俊平はそのNo．1という女の子にほのかな期待を持っていた。


「では、ここで少々お待ください」

男は俊平を待合室らしき部屋に案内すると、さっさと出ていってしまった。おそらく女の子の手配をしにいったのだろう。

一人取り残された俊平は勝手が分からず、とりあえず目の前にあったソファーに腰を降ろした。

周りを見回してみると、壁には名前入りの女の子の写真が無数に貼られている。普通の客の場合は、ここで女の子を選んで指名するしくみになっているようだ。

……そのNo．1という女の子はどの娘なんだろう。

噂《うわさ》には聞いていたが、最近この手の店には可愛い娘が多い。ざっと写真を眺めてみたが、かなりの数があって、どの子がＮｏ．１か俊平には分からなかった。

……ま、すぐに分かるだろう。

俊平は探すのを諦《あきら》めると、テーブルに載っていたウーロン茶らしきものを口に運んだ。

しばらくすると、部屋の外で話し声が聞こえてきた。男に呼ばれた、Ｎｏ．１という女の子がやって来たらしい。

「いらっしゃいませ！　初めまして『Ｃａｎｄｙ』です。よろしくお願いしまぁす」

ドアが開くと同時に、一人の女の子が元気のよい声と共に部屋に入ってきた。

が……。

俊平はその女の子を見て、頭の中が真っ白になってしまった。

「あれ、俊平お兄ちゃん？」

入ってきたのは、今日会うはずだった従妹の朋華だったのである。

「なんでここにいるんですか？」

「そ、それはオレの方が聞きたいよ。なんで朋華がここにいるんだ？　オレはこの店の前で三十分も待っていたんだぞ。しかも待ち合わせの場所が……仕事場の近くって……」

あまりにも突然のことに、俊平はパニックに陥った。

無理やりに頭を回転させて言葉を返したものの、自分でもなにを言ってるのか分からなくなってしまった。

「お兄ちゃんが、約束の時間になっても来ないから出勤しちゃったんですよ。私の仕事場はここ……このMinkestで働いてるんです」

「ここ……？」

「はい。そうです」

にっこり笑って頷《うなず》く朋華を見て、俊平は再びパニックになった。

ここはイメージクラブだよな？

そのイメージクラブで働いている？

しかも……No.1？

「でも、久しぶりですね。一番最近に会ったのって五年ぐらい前ですよね？　私がまだ中学生の時だったと思いますけど」

言葉を失った俊平の様子を気にすることもなく、朋華は懐かしそう目を細めた。

「でも、ここにお兄ちゃんが来てくれるなんて嬉《うれ》しいです。久しぶりに会いましたけど、また仲良くやっていけそうです」

「あ……そ、そう……」

俊平は頭を混乱させたまま、ガクガクと頷いた。

朋華はこんな場所で顔を合わせたというのに、まったく悪びれた様子もなく、久しぶりの従兄との再会を素直に喜んでいるようだ。

「それで、今日は遊んでいきますよね？」

「え？」

予想を遥かに越えた朋華の言葉に、俊平は戸惑いというより衝撃を感じた。

ここはイメージクラブだ。

ここで遊ぶということは、朋華と……。

「ち、ちょっと待て……オレは遊びに来たんじゃなくて……」

「俊平お兄ちゃんがここに入ってきたんですよ？　Ｃａｎｄｙを指名して」

「オ、オレはそもそもお前に会うために……」

「だったら、いいじゃないですか。私にも会えたんだし」

「いや、ちょっと待て！　こんなところで働いて……お前はなにを考えているんだ？　オレは叔母さんに様子を見てこいって言われてるんだぞ。なんて言えばいいんだよ」

「ちゃんと働いてました。がんばっているようです、って」

なにも問題はないじゃないですか、という顔をして朋華は俊平を見た。

「お前なぁ……」

「そんなことより、お兄ちゃん。ほらっ」

朋華はそう言って身体を寄せてきた。服の隙間《すきま》から見える柔らかそうな肌に、俊平はごくりと生唾《なまつば》を飲み込んだ。よくよく見てみると、久しぶりに会った朋華は、昔より遥かに可愛く……そしてグラマーになっていた。

特に胸なんかは……。

「はっ……い、いやっ！　今日は、そういうんじゃなくて」

「それとも私とじゃイヤですか？」

「イヤじゃないが……って、そういう問題じゃなくて、オレの立場が……」

「立場なんて、ここに入ってきた時点で消えてますって」

「…………………」

俊平は自分の肩に、なにか重いものがのしかかってきたような気がした。

第一章　キャンディとCandy

「じゃあ、遊んでいくよ。……一回だけな」

結局、俊平は朋華の誘惑に負けてしまった。熱心な誘いの言葉というよりも、その身体に屈服してしまったと言った方が正しいだろう。

それに、こんな場所で顔を合わせてしまったのだ。どう取り繕っても、今更という気がしないでもない。

「ありがとうございます。じゃあ、プレイする内容を決めましょう」

朋華は従兄を相手にするということになんの抵抗も感じないらしい。

嬉々とした表情で、「Ｃａｎｄｙのカルテ」と書かれたアンケート用紙のようなものを取り出した。

「内容って……なんだ？」

「だから、エッチの内容ですよ」

「………？」

「ここはイメージクラブですよ？　看護婦さんやメイドさんの服を着て、色々なシチュエーションでエッチを楽しもうっていうお店なんです」

朋華はそう言うと、要領を得ない俊平の顔を覗《のぞ》き込んだ。

「俊平お兄ちゃんって、イメクラに来るの初めてなんですか？」

「……まあ、初めてだよ」

嘘《うそ》を言っても仕方がないので、俊平は素直に頷《うなず》いた。

会社の同僚達と何度か風俗店にいったことはあったが、特別コスプレに興味があるわけではなかったので、イメージクラブには来たことがなかったのだ。

朋華と会うことがなく、店の男に強引に勧誘されることがなければ、もしかしたらずっと訪れる機会はなかったかもしれない。

「そうなんですかぁ」

俊平が初めてだと知ると、朋華はパッと顔を輝かせた。

「じゃあ、Ｃａｎｄｙはお兄ちゃんのためにいっぱいサービスしますから、どうぞイメージクラブにハマってくださいね」

……ハマってくださいって。

明るく言う朋華を、俊平は呆然《ぼうぜん》と見返した。

「さあ、とにかくプレイの内容を決めましょう。……っと、その前に」

「ん……？」

「朋華はお店ではＣａｎｄｙって名前になってます。だから、これからはＣａｎｄｙって呼んでくださいね」

「朋華じゃダメなのか？」

「ダメです。今の私は朋華じゃなくてＣａｎｄｙなんです」

「源氏名ってやつか。でも、なんでＣａｎｄｙなんだ？」

「可愛いからです」

……由来を聞いたつもりだったんだけどな。

可愛いというのが名前のことなのか、それとも朋華自身のことを言っているのかは分からなかったが、あまりにもあっさりとした答えに、俊平は戸惑ってしまった。

「分かった……と、とにかく、Ｃａｎｄｙって呼べばいいんだな？」

なんとなく違和感は感じたが、俊平は朋華の……いや、Ｃａｎｄｙの言葉に従うことにした。郷に入れば郷に従えというやつだ。

「じゃあ、まずぅ……攻めにします？　それとも受けにします？」

「え……なんだ、それ？」

「えっと、攻めはお兄ちゃんが私にエッチなことをするんです。で、受けは……お兄ちゃんがエッチなことをされるんです」

「あ、そう……」

さすがに、この手の店は色々と遊び方があるらしい。

「どっちにしますか？」

「んー、受けにするよ」

エッチなことをされる……というのには抵抗を感じたが、初めてで勝手が分からないのだ。ここはＣａｎｄｙにすべて任せてしまった方がよいだろう。

「受けですか？　じゃあ私、張り切ってお兄ちゃんをイカしちゃいますね」

Ｃａｎｄｙは意味ありげな笑みを浮かべると、手元のカルテになにやら書き込んでいく。

「服装はどんなのにしますか？」

「服装……って、オレが着るのか？」

「いえ、Ｃａｎｄｙが着るものです。でも、選んだものによっては、お兄ちゃんにもなにか着てもらうことがあります。それに服によってはセットも違いますし」

「セットまであるのか……」

「もちろん、イメージクラブですから、シチュエーションは大事です」

「じゃあ……セーラー服」

俊平はＣａｎｄｙの手元のカルテを覗き込んで、幾つかある項目の中から一つを選んだ。

「やっぱりセーラー服はイメクラの定番ですよね。私、エッチな生徒になって、お兄ちゃん先生をた〜っぷり誘惑しちゃいますから」

「……お手柔らかに」

「じゃあ、次に……なにかやりたいことってありますか？」

「やりたいことというのは？」

「ここは、ただ服を脱がしてエッチなことをするだけじゃなくて、バイブでキャッ！なことや、縛ってイヤ〜ン……なことまでできちゃうんです」

「………………」

「そういうのを選んでください」

……選べと言われても。

なんとなく自分の趣味や性癖が暴露されてしまうような気がして、俊平は思わず怯《ひる》んでしまった。だが、Ｃａｎｄｙはジッと答えを待っている。

「じゃあ……この縛りってやつ」

俊平は仕方なく、項目の一番上にあったものを選んだ。

「お兄ちゃんって、縛られるのが好きなんですか？　それじゃあ……あはっ、身動きがとれない間に、すごいことしちゃいますから」

……すごいことってなんだろう。

俊平はあえて訊《き》かないことにした。

「次に、体位はどうしますか？」

「体位って……」

「フェラチオとか……シックスナインとか。騎乗位やわんわんスタイルなんかも」

「………………」

「どうしました？」

「いや、おまえの口からそんな言葉が出てくるなんて、思いもしなかったから」

中学生の頃の明華は、どこにでもいる普通の純情な女の子だったのだ。年月が人を変えるのか、環境が変えるのか。

俊平はなんだか不思議な感覚に陥ってしまった。

「そうですか？」

当のＣａｎｄｙこと明華は平然とした顔をしている。

「体位によってフィニッシュも違いますから、よおく考えてください」

「しかし、おまえとやるのはマズイんじゃないかな？」

「マズイって？」

「ほら、だって仮にもオレ達は従兄妹なんだし……」

しばらくキョトンとした表情を浮かべていたＣａｎｄｙは、俊平が言わんとしていることを悟ってクスクスと笑った。

「ここはソープランドじゃないんだから、本番はありませんよぉ」

「そ、そうなのか？」

どうやらこの店……に限らず、イメージクラブではそうなっているらしい。ほとんどが口か素股《すまた》、このＭｉｎｋｅｓｔではせいぜいアナルセックスまでのようだ。

「じゃあ、シックスナイン」

俊平は一番無難そうなものを選んだ。

ここまで来て今更……という気もしたが、疑似とはいえ、朋華を相手にセックスするということに抵抗を感じてしまったのである。

「シックスナインですね？　じゃあ、二人で一緒に気持ちよくなっちゃいましょう。最後に……フィニッシュはどうしますか？」

「えっと、フィニッシュはどうしますか？」

「Candyのお顔にかけちゃっていうことは？」

「……………………」

「どうしますか？」

「……そのまま」

「そのまま、お口の中にですか？　じゃあ、私はがんばって飲み込んじゃいますから、いっぱい出してください」

……オレはもう実家の両親や叔母さん達に顔向けできないだろうな。様子を見て来るようにと頼まれておきながら、その朋華の口の中でフィニッシュなんてっ。

だが、俊平はそのまま席を立って帰るつもりなど更々なくなっていた。これから始まるであろうエッチを期待して、股間《こかん》はすでに大きく膨らんでいるのだから。

俊平はＣａｎｄｙに教えられた部屋の前に立った。

ルームＮｏ．１と書かれたドアのノブを回して部屋の中に入ると、その先には懐かしい感じのする教室があった。

フロアには小さな机《つくえ》が並べられており、壁には黒板が掛かっている。実際の教室を四分の一に切り取ったようなサイズしかないが、思ったよりも本格的なセットだ。

「ええっと……確かオレは教師の役柄だったよな」

店で貸してもらったネクタイを締め直しながら、俊平はなんとなく出番を待つ役者になったような気分でＣａｎｄｙが来るのを待った。

とりあえず近くにある椅子《いす》に座ると、机の上に置いてあった書類の束をペラペラと捲《めく》ってみた。どこかの学術書をコピーしてきたものらしい。

……小道具というわけか。

こんな使い道のなさそうなものまで用意するとは、このセットを作った者はなかなかに凝り性らしい。きっと他の部屋もすごいセットなんだろうな……などと考えていると、

「失礼しま～すっ」

入り口からセーラー服を着たＣａｎｄｙが入ってきた。

朋華のセーラー服姿を見るのは数年ぶりだ。もっとも、以前とは比較にならないぐらい

身体のラインは充実したものになっている。

Ｃａｎｄｙは大きな瞳をきょろきょろさせて、中をジッと見渡している。どうしてよいのか分からず、俊平はとりあえずＣａｎｄｙが話しかけてくるのを待つことにした。

「あのぉ……」

おずおずとＣａｎｄｙが、俊平に向かって話しかけてくる。

「なんだい？　君はえっと……」

「四年桃組のＣａｎｄｙです」

「桃組って……幼稚園みたいだな」

「そうですか？　他に桜組や梅組もありますよ。他にも……」

「わ、分かった。それで桃組のＣａｎｄｙ君がどうしたんだ？」

演技をしている……という感じは否めなかったが、俊平も徐々に乗ってきた。思っていたよりも楽しそうだ。

「あの……実は私、先生にお願いがあってきました」

「お願い？　オレに？」

「はい、聞いていただけませんか？　先生じゃないとダメなんです」

Ｃａｎｄｙは身体をもじもじさせながら、甘えるような声で話しかけてくる。

「どうしてオレなんだ？」

「それは……先生が数学の先生だからです」

……そうなのか。オレは数学が苦手だったのになぁ。

ついつい現実のことを思い出し、俊平は苦笑してしまった。だが、Ｃａｎｄｙはそんな俊平に構わず台詞を続けた。

「ですから、お願いします」

「で、お願いっていうのは？」

「今度の試験の問題を教えて欲しいんです」

「な……なにを言っているんだＣａｎｄｙ君！　そんなことができるはずないだろう」

「もちろん、ただとは言いませんよ」

「オレが言いたいのは、そういうことじゃなくて……おわっ！」

Ｃａｎｄｙは俊平の前でスカートの裾《すそ》に手をかけ、するりと捲り上げた。そして、もう片方の手で俊平に見せつけるように上着をたくし上げる。

「と、朋……いや、Ｃａｎｄｙ君⁉」

「はい？」

そのままの姿勢でＣａｎｄｙはにっこり笑うと、椅子に座っている俊平ににじり寄ってきた。髪に染み込んだシャンプーの香りが、俊平の頭を麻痺《まひ》させていく。

「な、なにをするんだＣａｎｄｙ君⁉」

「うふっ……なにって、決まってるじゃないですか」

Ｃａｎｄｙは含み笑いをしながら、細い指で俊平の手を取ると、手のひらをふくよかな自分の胸元に押しつけた。そして自ら手を動かし、ふんわりとした柔らかな胸の感触を、手のひら全体にじんわりと伝えてくる。

「若い男女が二人きり。……となれば、することはひとつしかありません」

「バカなことを考えるんじゃない、早くどきなさいっ」

「本当にどいちゃっていいんですか？」

Ｃａｎｄｙはもう片方の手を、俊平の股間の辺りに伸ばしてきた。言うまでもなく、そこはすでにＣａｎｄｙの魅力によってパンパンに膨れあがっている。

「もう、こんなに大きくなってますよ。先生……本当はしたくてたまらないんですよね？」

「そ、そんなことあるもんか。早くやめ……うっ！」

Ｃａｎｄｙがズボンの上から、股間を刺激し始めた。ごわごわした布地に敏感な部分を摩擦され、ペニスの硬度はみるみるうちに増していった。

「うふふ……我慢は身体に毒ですよ」

Ｃａｎｄｙはにっこりと笑って俊平を見つめた。その表情に、なんとなく小悪魔的なものを感じる。

……これは演技なのか、朋華の本性なのか。

「ダ、ダメだダメだダメだ！　き、教育者たるもの……このような不謹慎な……」

「んもう、仕方ありませんね。ちょっとジッとしててください」

どこからか長いロープを取り出すと、Ｃａｎｄｙは俊平の身体を椅子に縛り付け始めた。

なるほど……これが縛りプレイというやつらしい。縛り終えると、Ｃａｎｄｙは目の前でストッキングを脱ぎ、それで俊平の視界をふさいだ。

「な、なにをするんだ？」

「うふふ……これでもう逃げられません」

そう言って俊平のズボンの前を緩めると、Ｃａｎｄｙは躊躇《ちゅうちょ》なく下着と共に引き下ろした。慣れた手付きで俊平のペニスを露出させると、そのまま手で刺激し始める。冷たい指に包み込み、亀頭部分を触れるか触れないか程度の感触で指を往復させた。

「キ、Ｃａｎｄｙ君……」

俊平の首から胸にかけて、柔らかいものが伝っていった。

どうやら舌らしい。ネクタイを外し、上着のボタンを外してＣａｎｄｙの舌が俊平の胸元を這《は》い回っていく。やがて舌は乳首に絡みつき、きつく吸われた。

……こいつはたまらんっ。

朋華が意味ありげに笑っていたことを思い出し、俊平は快感を感じながらも複雑な思いに駆られた。今まで、朋華はどれだけの男にこんなことをしてきたのだろう。

しなやかに動くＣａｎｄｙの指が、脇から腰を通って、再び股間にたどりついた。

「うわぁ……すごぉい。先生のって思ったよりも大きいんですね。今までの先生達の中で一番立派です」

「なに……ちょっと待てっ」

「なんですか？」

「Ｃａｎｄｙ君！　君、まさか……他の先生方とも、こんなことをしたのか？」

「はい、そうです」

答えながらも、Ｃａｎｄｙは手を休めずに俊平を攻め立てる。ふくよかな胸が頬《ほお》にあたり、興奮が全身を襲った。

「他の教科の先生も、み～んなしました」

そう言って、Ｃａｎｄｙはペニスを手のひらで上下にシェイクさせてきた。流れるように滑らかなその手付きに、大量の血液が一気に股間に流れ込むのが分かる。

「後は先生だけです」

「し、信じられない」

「別にどうってことありませんよ。だから、先生も気にすることありません」

Ｃａｎｄｙはスベスベした手のひらでゆっくりと亀頭の部分を愛撫《あいぶ》しながら、俊平に同意を求めてくる。

「ここも我慢できずに、ビクビクしてますよ」

「し、しかし……この状態じゃ……」

「そうですね」

Ｃａｎｄｙは縛り付けていた縄をほどき、目隠しもはずした。

途端、俊平の視界にＣａｎｄｙのあられもない姿が飛び込んできた。セーラー服を脱ぎ捨てたＣａｎｄｙが、俊平の上に覆い被さってきたのだ。

……そうか、最後はシックスナインだったな。

下半身を俊平の顔に寄せ、Ｃａｎｄｙはうっすらと生い茂る恥丘を差し出した。そこは触れる前から、すでにたっぷりと熟れ、大量の愛液を溢《あふ》れさせている。

それを見た瞬間、辛うじて残っていた俊平の理性は見事に消し飛んでしまった。目の前にいるのが従妹の朋華であることも忘れ、心の底からこの状況を楽しんでいた。

「うっ……」

Ｃａｎｄｙはいきり立つ俊平のペニスを手に握り、舌を絡ませるようにして舐《な》め始めた。ざらついた舌の感触と共に、痺《しび》れるような感覚が脊髄《せきずい》を上って伝わってくる。

「先生、一問目を教えてください」

「一問目は……三角形」

「三角形？」

「三角形の頂点から、滴り落ちる愛液の加速度」

「あんっ、先生……あああっ」

俊平は目の前にある三角形の茂みに顔を押しつけた。

甘い香りを漂わせている淫裂《いんれつ》の奥深くまで、一気に舌を差し入れ、音を立てながら掻《か》き回した。

「あっ……あああ～んっ」

鳴き声と共に、膣壁《ちつへき》が軽く舌を締め付けてくる。ねっとりとした愛液がとろとろと溢れだし、俊平の舌先にからみついてきた。その濃厚な味を楽しむべく、更に舌をうねうねと蠢《うごめ》かせながら唇で吸い付ける。

「はぁぁ……あっ……あああ～っ」

「第二問目は円運動だ。分かるか？」

その言葉を聞いて、Ｃａｎｄｙは俊平のペニスを咥《くわ》えたまま、円を描くように顔を動かし始めた。彼女の口内でペニスが上下左右に激しく動き回る。強く吸われて、そこに血液が今まで以上に集まっていくのを感じた。

「せんせぇ……これでいいですか？」

「ああ、いいぞ」

Ｃａｎｄｙは頭を小さく振りながら、喉《のど》の奥に届くほど深くペニスを飲み込み、吸い、舐めずり回す。その行為に、俊平の頭の中でなにか熱いものが弾けた。

「キ、Ｃａｎｄｙ君……オレはもう……」

「はあ……はあ……だ、出してください。Ｃａｎｄｙにいっぱい……出してください」

「分かった……いくぞ。これが最後の問題だ」

俊平は動き回るＣａｎｄｙの舌の感触を限界まで愉《たの》しんだ後、そのまま口内に大量の性を放った。

「うっ……んんんん」

熱を帯びたＣａｎｄｙの舌の上で、ペニスがドクドクと脈打ち、二回、三回と喉の奥に向けて生臭いシャワーを浴びせる。Ｃａｎｄｙはそれを喉を鳴らしてゆっくりと味わうように飲み干していった。


「お兄ちゃん……今日はありがとう」

プレイの後、俊平が服を着るのを手伝いながら朋華が言った。

別に礼を言われるようなことをしたわけではないので、俊平は朋華の言葉に戸惑ってしまった。それとも店の客として来たことに対する礼だろうか？

「え……ああ、うん」

「家のことはよろしくね。朋華は頑張ってるから……って」

曖昧《あいまい》に頷いた俊平に、朋華は報告内容を押しつけるように言った。つまり、叔母達の方は適当に誤魔化《ごまか》しておいてくれということなのだろう。

朋華と遊んでしまった以上、俊平にはそれを断ることはできなかった。いわば、これで共犯者になってしまったも同然なのだから。

「電話しますから、今度、休みの日にでも外で会ってください」

「あ、ああ……それは構わないけど」

「本当ですか？　私、こっちに知り合いが少ないから嬉《うれ》しいです。じゃあ、また」

「ああ……」

俊平は複雑な思いに駆られながら、朋華に見送られて店を出た。すでに外は夕暮れに包まれ始めている。

自分のマンションに戻りながら、俊平はこれでよかったのだろうか……と自問した。

……気持ちはよかったけど。

軽はずみな行動に後悔の念が押し寄せてきたが、今となってはどうすることもできない。

ミイラ取りがミイラになってしまったようなものだ。

……まあ、それよりも。

叔母にはなんと言って報告したものか……と、俊平は頭を悩ませた。


ゴトゴト、という聞き慣れない音を耳にして目が覚めた。

枕元の時計を見ると、すでに昼の十二時近くだ。いくら休みの日とはいえ、少し寝過ぎてしまったようだ。

「いけね、今日は朋華と約束してたんだっけ」

まだ眠気の入ったスッキリしない頭を振って、俊平はベッドの上で身体を起こした。

相変わらず、ゴトゴトという音はやむこともなく聞こえてくる。俊平は音の出所を探して、部屋の中を見回した。

「ん……そういえば」

隣は空き部屋だったはずだが、音はどうやらそこから聞こえてきているらしい。おそらく誰かが引っ越して来たのだろう。

「家具や荷物の搬入の音か……」

音の原因が分かると、俊平はそのことを考えるのをやめにした。それより、早く準備しなければ約束の時間に間に合わなくなってしまう。

バスルームで熱めのシャワーを浴びて眠気を覚ますと、クローゼットから適当な服を取り出して、素早く着替えた。お洒落な者は別として、外出の準備にさほどの時間を必要としないのが男の利点だ。

俊平はその利点をフルに発揮して、サイフと玄関の鍵《かぎ》を手に部屋の外に出た。

ドアに施錠しながら何気なく隣の部屋を見てみたが、すでに搬入は終わったらしい。ドアはキッチリと閉められており、住人の姿は近くになかった。

エレベーターを使って一階まで降り、マンションの敷地から出ようとした時。

「どうも、ありがとうございました。ご苦労様」

敷地の横にある駐車場から、女性の声が聞こえてきた。同時に引っ越しセンターのマークが入ったトラックが走り去っていく。どうやら隣に引っ越してきた人が、配送の人を送り出しているところだったらしい。声からすると若い女性のようだが、俊平の位置からはその人物の姿を見ることはできなかった。

……美人かな？

ここは単身者用のマンションだから、男付きってことはないよな？

俊平はそんなとりとめのないことを考えながら、目的地に向かって歩き出した。

約束の時間ギリギリに待ち合わせ場所にたどり着くと、やはり朋華は先に来て俊平を待っていた。他の部分は結構いい加減なのに、時間にだけはキッチリしている。

「お兄ちゃん、遅かったですね」

俊平の姿を見つけると、朋華は急いで走り寄ってきた。

「あれ、そうか？　ちゃんと時間通りだろ？」

「もう……来ないんじゃないかと思いました」

俊平を軽く睨《にら》んで、朋華はぷっと頬を膨らませた。

「お兄ちゃんを待っている間、次々と知らない人が声を掛けてくるし……もう大変だったんですよぉ」

小さい時から知っているせいか、俊平は朋華に対して可愛いとか、綺麗《きれい》とか……そういう類《たぐい》のことを考えたこともなかった。だが、客観的に見ると朋華はかなり美人の部類に入る。男が声を掛けてくるのも当然だろう。

「朋華が早く来すぎなんだよ」

「そんなことないです。約束の時間より十分くらい前です」

「だから、それが早いってのこと」

「約束の時間より早く来ない人がダメなんです。そんなことだと女の子にもてませんよ」

「充分もてるから大丈夫だ」

俊平は見栄を張ってそう言ったが、朋華は真顔のまま首を振った。

「信じられません。Ｍｉｎｋｅｓｔに通ってるくせに」

「まだ一回いっただけだろうっ」

「まあ……それより、早くいきましょう」

朋華は自分から振った話題に勝手に幕を引くと、俊平の手を引いて歩き出した。

「いくって、今日はどこへいくつもりなんだ？」

「あちこちです」

「あちこち……って？」

その意味は三十分もしないうちに理解できた。朋華は俊平を引き連れて、繁華街にある店やデパートをしらみつぶしに回り始めたのだ。

無論、目的はショッピングである。

「次はこっちにいきましょう」

すでに何十軒回ったか、俊平は数えるのもイヤになった。

だが、朋華はまったく疲れた様子もなく、通りに面したファンシーショップを見つけると元気よく駆け出していった。

「あ、これ可愛い～」

「おい、まだなにか買うつもりか？　オレはもうヘトヘトだぞ」

俊平は持たされた荷物を両手いっぱいにぶら下げたまま、一向に購買意欲の衰えない朋華の様子を見て、ついに音を上げてしまった。

「まだ大丈夫です、持てますよ」

「それはオレが決めることだっ。……とりあえず少し休ませてくれ」

「しょうがないですねぇ。じゃあ、あそこで休憩しましょうか」

そう言って、朋華は近くにあった喫茶店を指さした。

店内は割と洒落た造りになっていたが、冷房が今一つ弱いのが不満だった。

もっとも、俊平は過酷な労働で汗をかいていたが、この時期としてはこんなものかもしれない。それでも、そろそろ強くなりつつある外の日差しから逃れられるだけで十分だ。

「はあ……」

椅子に深く腰を掛けたまま、俊平は身体中の疲労を抜くように大きく息を吐いた。

「お兄ちゃん、東京に来て体力が落ちたんじゃないですか？　昔はもっと力持ちでしたよ」

「そんなことはないだろう。今でも体力は十分にある」

「そうですかぁ？」

朋華は納得できないような表情を浮かべたが、たとえどれほどの体力があったとしても、これだけの荷物を抱えて数時間も歩き回れば疲れるというものだ。

俊平は隣に置いた荷物の山を見て、再び溜息《ためいき》をついた。

「それよりも、なんでオレがお前の買い物に付き合わなきゃならないんだ？」

「だって今まで思いっきりお買い物したことなかったから。でも、男手が見つかったから、これで思いっきり買い物ができます」

「……オレは宅配のお兄さんじゃないんだから、そうそう荷物持ちなんかできるか」

「だってぇ……嬉しかったんです」

朋華はストローでレモンスカッシュの入ったグラスをかき回した。氷がカランと涼しげな音を立てる。

「嬉しいって……なにが？」

「お兄ちゃんと一緒に歩くのが」

「オレと？」

意外な言葉に、俊平は思わず朋華を見つめた。

「こっちに来て以来、周りは初めての人ばかりだったから寂しかったんですよ」

「…………………」

なんとなく朋華の気持ちが分かるような気がした。

俊平にも覚えがある。地元の北海道から出て来て東京に住み始めた頃、親しい友人もおらず、心細い思いをしたのは一度や二度ではない。

あれから数年。こちらでも何人かの友人や知り合いができたとはいえ、やはり以前から知っている者とは、気安さの点で比べものにならないのだ。

「そうか……そういうことなら仕方ないな」

「え……じゃあ」

「オレでよかったら、いつでも呼んでくれ。暇なら付き合うぞ」

「いつでもいいんですね？」

「暇だったらな」

「いつも暇そうじゃないですか。彼女もいなさそうだし」

「おい……」

いくら気安い存在だからといっても、ここまで遠慮がないのも困りものである。だが、朋華は俊平の様子を気にすることもなく、嬉しそうな笑みを浮かべた。

「だから朋華と遊びましょう」

……まあ、いいか。

なんだか馬鹿にされているような気もするが、なんだかんだと言っても、朋華は俊平にとって大切な女の子であることは間違いないのだから。

「じゃあ、このあともあちこちに付き合ってくださいね」

「……まだ、あちこちにいくのか？」

結局……俊平は更に数時間も買い物に付き合わされてしまうことになり、夕方、朋華の住むアパートの近くまで戻ってきた時にはヘロヘロになっていた。

「今日はありがとう。楽しかったです」

朋華はそう言って笑顔を浮かべた。これでつまらなかったと言われたら、俊平は報われない半日を過ごしたことになるところだ。

「じゃあ、またお店に遊びに来てください」

……従兄に言う言葉じゃないよな……これって。

「普通はまた会いましょう、じゃないのか？」

「外でも会いたいけど、お店でも会いたいんです」

「……………………」

言われなくても、近いうちにはMinkestに遊びにいくつもりではあったのだから、あまり下手なことは言えないな……と、俊平は口をつぐんだ。


「ん……なんだ、これ？」

マンションの自分の部屋の前まで戻ってきた俊平は、郵便受けの中に小さな包みが入っていることに気付いた。取り出してみると、綺麗な包装紙に包まれたお菓子と、便箋《びんせん》の入った一枚の封筒であった。

……誰だろう。

お菓子を送ってくれるような人物に心当たりはない。

封筒から便箋を取り出して拡げてみると、そこには女性の文字が並んでいた。

はじめまして

隣に引っ越してきた水無月と申します。

お留守のようでしたので、ご挨拶《あいさつ》の品をこちらに入れておきます。

つまらない物ですが受け取ってください。

なにかありましたら、その時はよろしくお願いします。

「へえ……引っ越しの挨拶か」

今のご時世にはめずらしい心配りだ。

俊平がマンションに引っ越してきた時は、こんなことは面倒《めんどう》で考えもしなかった。

もともと、このマンション自体が一人暮らしの単身者をターゲットにしたものなので、近所付き合いなどはほとんどない。部屋の回転も速いので、いちいちそんなこともしていられないという実状もある。

知らない間に隣人が入れ替わっていた……というのはよくあることだ。

周りも同じ考えなのか、このマンションに住んで三年間の間に、このような挨拶など一度も受けたことがなかった。

……律儀な人だな。

出掛ける時に一度だけ声を聞いただけで、まだ顔も見たことのないお隣さんに、俊平はなんとなく好感を持った。

包みから、手作りらしいお菓子の香りが微かに漂ってきた。


……こんなことしてて、いいんだろうか？

俊平はＭｉｎｋｅｓｔの待合室でウーロン茶を飲みながら、ぼんやりと朋華……Ｃａｎｄｙの来るのを待っていた。

ここに来るのはこれで二度目だ。

一度目の時は、まあ……成りゆきというか、まだ辛うじて自分を正当化する理由をこじつけることもできたのだが、今回は自らの意志でここにいる。

……もう、言い訳などできないよなぁ。

さしてこの手の店に興味があったわけでもなかったのに、俊平はあれ以来、ここでのサービスが忘れられなくなってしまったのだ。

朋華の女性としての魅力はもちろんだが、イメージクラブという、経験したことのなかった遊びがとても刺激的に感じられたのである。

「ハマってくださいね」

と、いうのは朋華の台詞《こ》だったが、俊平はそのもくろみ通りにハマりつつあるのだろう。

朋華ではなく違う娘を指名してみようかとも考えたが、この店に来て他の娘を指名するのも妙な気がした。

待ってる……と言った朋華に対する義理もある。

そんなわけで、俊平は前回と同じく朋華を指名したのだが……。

「いらっしゃいませ。初めまして『キャンディ』です。よろしくお願いしまぁす」

「え……？」

部屋に入ってきたのは、見慣れた朋華ではなく初めて見る娘だった。

間違いか？　けど、この娘は「キャンディ」だと名乗っていたはずだ。

「あの……どうかしました？　お客さん」

呆然と自分を見つめる俊平に、女の子は怪訝《けげん》そうな表情を浮かべた。

「……どういうこと？」

「なにがですか？」

「その、指名した娘と違うんだけど……」

「え!?　キャンディをご指名じゃないんですか？」

「いや……確かに『キャンディ』なんだけど……」

俊平の言葉に女の子は、ああ……と頷きながら、ポンと手を打った。

「このお店って、もう一人キャンディがいるんですよ」

「同じ店に、同じ名前の娘が二人？」

普通はこんな混乱を避けるために、同じ名前は使わないのではないだろうか？

そんな俊平の疑問を察したように、女の子はソファーに腰を降ろしながら、少しバツが悪そうに事情を説明した。

「私、つい最近このお店に入ったんです。その時に、お店の人にも『Ｃａｎｄｙ』はもういるから違う名前にしろって言われたんですけど、私もキャンディって名前に愛着があって……無理を通してもらったんですよ」

「そういうことか」

「だから、指名用の写真では私がカタカナの『キャンディ』で、もう一人の娘が英語の『Ｃａｎｄｙ』になってるんです」

キャンディはそう言って、壁に貼ってあった自分の写真を指さした。

なるほど、確かにカタカナになっている。

普通の客はここで相手を選ぶのであって、俊平のように他の娘の写真も見ずに名指することは少ないのだろう。それで、同じ名前の娘が二人いても、今までこのようなトラブルは起こらなかったに違いない。

「ところで……お客さん、お名前はなんて言うんですか？」

「オレの？　オレは睦月俊平」

「ふーん、俊平さんね。なんかピッタリって感じ」

女の子はそう言ってクスクスと笑った。

「で、どうします？　間違いなら私じゃなくて、もう一人の子とチェンジします？」

「うーん」

俊平は腕を組んで考えながら、キャンディの顔をジッと見つめた。

間違いであったとはいえ、指名しておいて今更断るのも悪い気がしたし、こちらのキャンディも十分可愛いし魅力的だ。顔立ちは俊平好みだし……。

……ん、待てよ？

キャンディを見つめているうちに、俊平は以前、この娘をどこかで見たことがあるような気がしてきた。それもつい最近のことだ。

「あ、そうか……」

朋華と会うために初めてこのＭｉｎｋｅｓｔを訪れる途中、信号待ちをしていた時に見掛けた娘だ。どこか物憂げな表情を浮かべていて、妙に印象に残っていたのである。

「え……なんですか？」

「あ、いやいや、こっちのこと」

「やっぱり、チェンジですか？　間違いなんだから」

「いや……君を指名したんだよ。実は、今日は違うキャンディが来るだろうな、と思ってたんだ。だから君でいい」

俊平の取って付けたような理由を聞いて、キャンディはしばらく唖然《あぜん》としたした表情を浮かべていたが、やがてクスッと小さく笑った。

「俊平さんて、いい人なんですね」

「これはきっと運命の出会いなんだ。こんな可愛い娘と知り合えたんだから、遊ばなきゃ損だ……と、神様も言ってる」

「ふーん、それにしちゃ場所がねェ」

キャンディはそう言って、部屋の中を見回した。

……まあ、確かに運命がどうのというような雰囲気の場所ではないな。

「とにかくキャンディを選んでくれたんだから、目一杯サービスしちゃうね」

「そりゃ、楽しみだな」

「じゃあ……プレイ内容を決めましょう」

朋華の時と同じように、キャンディも例のカルテを取り出した。

第二章　Ｍｉｎｋｅｓｔ通いの日々とバラの花束

ドアを開けると同時に、来客を告げるための鈴がカランと音を立てた。

部屋の中はまさにファミレス。座席は一対しかないが、内装の感じなど、あまりにもよくできたセットに、俊平は思わず感嘆してしまった。

前回、朋華からイメクラはシチュエーションが大事だと聞かされていたが、ここまで本格的なものを用意するのも大変だろう。もっとも、セットが本格的である分だけ設定が活きてくることは間違いないが……。

今回のシチュエーションは、この部屋が示すとおりファミレス。キャンディがここのウエイトレスになるというものだ。

この前は勝手が分からず「受け」を選択したが、多少はここでの遊び方が分かったので、積極的に「攻め」に回ることにしたのである。

俊平は座席に座ると、前回よりも余裕を持ってキャンディを待った。

すると……。

「お待たせしました」

奥にあった扉が開き、キャンディが元気よく入ってきた。明るめな色彩のユニフォームが、キャンディの笑顔をいっそう引き立てている。

「初めまして。新しい店長さんですよね？」

「あ、ああ……そうだったな」

俊平は慌てて設定を思い出した。

今回はウエイトレスに教育を施す店長という役柄だ。

「私、キャンディって言います。よろしくお願いしますね」

「こちらこそよろしく」

「あの……ところで店長。店長はたくさんの弱小店舗を流行《はや》らせてきた凄腕だって聞いてるんですけど、本当なんでしょうか？」

「ああ、まあな。私が来たからには、大船に乗った気分でいればいいよ」

そう言いながら、俊平は座席にふんぞり返った。

別に演劇をやっているわけではないので、細かい台詞が決められているわけではなく、ほとんどがアドリブだ。一見、エッチとは関係のない無駄なことをやっているような気がするが、このやりとりが徐々に雰囲気を盛り上げていくのである。

もっとも、これがなければイメクラの意味もないのだろうが……。

「じゃあ、まず……君たちウエイトレスの調教からだ」

「え……調教ですか？」

キャンディが戸惑ったような表情を浮かべる。

「私を客だと思って、ちょっとやってみてくれないか？」

「は、はい……分かりました」

小さく頷《うなず》くと、キャンディは一度奥に戻ってトレイに水の入ったコップを載せ、メニューを片手にやってきた。

「いらっしゃいませ。ファミレス・ミンクへようこそ」

「…………………」

「メニューはこちらになっております。ご注文が決まりましたらお呼びください」

……へえ。

俊平は思わず感心してしまった。キャンディの一連の動作や身のこなしは、結構様になっている。もしかしたら、以前にどこかでアルバイトでもしていたのだろうか？

こんな娘《こ》が本当にウエイトレスをしていたら、その店は結構繁盛しているに違いない。

しかし、ここで素直に感心していては話が進まなくなってしまう。

「う～ん」

「あの……どうですか？」

「ダメだなぁ」

おずおずと訊《き》いてくるキャンディに、俊平は大きく首を振った。

「え……どこがダメなんですか？」

「まず、服装」

「服装？　でも、これ制服ですよ。ダメもなにも……」

「違うっ、私が言ってるのは服そのものじゃなくて、着こなしのことだ」

俊平は片手で素早くキャンディの腕を掴《つか》むと、もう片方の手を伸ばして服の胸元を引っ張った。元からそうできていたのか、軽く引っ張っただけで、服に押さえつけられていたキャンディの豊かな胸が、思い切りよく飛び出してきた。

「キャアアッ！」

「うーん、予想通りにいい眺めだ。どれどれ……ちょっと触ってみるか」

そう言って、俊平はキャンディのふくよかな乳房に触れた。朋華より若干小振りに見えるが、それでも十分な大きさだ。形もよく、手のひらで触れただけで形を変えてしまうほどの柔らかさだ。

「ひゃっ……あんっ！」

「おおっ、さわり心地も抜群だねぇ。キャンディ君、いいものを持ってるじゃないか」

「あ、あの……店長？」

戸惑うキャンディを無視して、俊平は片手を彼女の背後にまわした。丸いお尻をスカートの上から、大きく円を描くように撫《な》でる。

「うーん、お尻の方も程よく引き締まっていい感触だねぇ」

「あっ……て、店長……なにをして……」

「ヒップサイズを調べているんだよ。この分だと85か、86？」

俊平が尋ねると、キャンディは小さな声で84です、と答えた。

「84ね。それじゃあ、スカートの長さはこれぐらいだな」

スカートの裾に手を掛けると、俊平は下着が見えるくらいにまで一気にまくり上げた。

キャンディの白い太股《ふともも》が視界に飛び込んでくる。

「スカートは、こう。……そして」

下着にも手を掛けると、それも一気に引きずりおろした。

「キャッ！」

短いスカートの中で、薄桃色をした器官がちらちらと見え隠れする。すべてを露出してしまうよりもエロチックな眺めだ。

「こんなもんか……後で、ちゃんと仕立て直しておいて」

「ち、ちょっと待ってください、店長……一体、なにをしてるんですか？」

「なにって……だから、着こなしを直してるんじゃないか。やっぱり、今の時代にお客様を引きつけるには、ある程度露出が激しくないとね」

「ええっ、それじゃあ、こんなカッコでお店に出ろっていうんですか？」

キャンディは唖然《あぜん》としたように俊平を見つめた。

現実世界でこんなことをしたら、セクハラ店長として社会から抹殺されてしまうに違いないが、ここでは俊平の意志がすべてだ。

「そうだよ。店長命令だ。明日からはこれで店に出るように」

「イヤぁん、ひどい」

「うんうん完璧。この究極のチラリズムこそが客を呼ぶ秘訣《ひけつ》なんだから」

「これじゃ、チラリズムどころか完全に見えちゃうじゃありませんか」

「それはそれでいいんじゃない？」

俊平は無責任に言った。その言葉に、キャンディは泣きそうな表情を浮かべる。

「お客さんはいいかもしれないけどォ」

「君はさっきからなんなんだ！　人が一生懸命に頑張っているというのに文句ばかりで。……なるほど、この店に私が派遣された理由がはっきりと確信できたぞ。それは君のその性格のせいだ」

「え……ど、どういうことですか？」

「君は今みたいに、客に対して文句ばかり言っていたんだろう？　客に対する態度がなっていない」

「ええっ⁉　そ、そんなことありません。私は別に……」

「問答無用。今から君に、客への対応の仕方を徹底的に叩《たた》き込んでやる」

怯《おび》えたように数歩後退《あとずさ》るキャンディを見て、俊平は自分の中の欲望がむくむくと頭をもたげてくるのを感じていた。これがイメクラでの遊びであるとは分かっていながらも、まるで今から本当に、目の前のキャンディを調教できるかのような気分になってきた。

「いいか、私は店長じゃなくて客だ。君はウエイトレスなんだから、客である私に少しでも不快な思いをさせてはいけないいんだ。分かったな？」

「は、はい……分かりました」

「じゃあ、メニューを見せてくれるかな」

キャンディは脇にあったメニューに手を掛け、俊平に差しだそうとしたが……。

「あっ……！」

故意か偶然か、メニューの端がテーブルに置かれた水の入ったグラスを引っかけた。音を立てて転がったグラスから水がこぼれ、俊平のズボンを瞬く間に濡《ぬ》らしていった。

「冷たいじゃないかっ!?　言ってるはなからなにをするんだ」

「す、すみません！　今、タオルを……」

「馬鹿なことを言うな。君はまさか、タオルなんかで客の股間《こかん》を抜くつもりなのか？　いいか、こういう時はここで拭くんだ」

俊平はズボンのファスナーを開くと、すでに大きくなっていたペニスを取り出し、キャンディをひざまずかせると、胸の谷間にそれを挟み込ませた。

「ちょっと店長……な、なにをするんですか？」

「客の股間に水などの冷たいものを引っかけてしまった時は、人肌で温めてやりながら拭き取るのが一番いいんだよ。さあ、やってみなさい」

我ながら無茶苦茶なこじつけだ……とは思いながらも、俊平はキャンディの胸から伝わってくる、ふくよかな肉の感触に酔いしれていた。

「は、はい」

キャンディは大きく頷くと、両胸を自らの手のひらで中央に寄せ、ゆっくりと上下に動かし始めた。手や口でされるのとは、また違った快感が下半身からのぼってくる。

「あの……いかがですか？」

「う～ん、全然ダメだね。君、もしかして客の股間がちょっと汚れたぐらいどうでもいいと思ってないか？」

「え……そ、そんなこと思ってません」

キャンディは再度、胸を上下にシェイクさせた。

「もっとこう……激しくやってみるんだ。でないと、いつまで経っても温まらないぞ」

「はい、こんな感じですか？」

キャンディは上目遣いで俊平を見つめながら、不規則に胸を揉《も》みしだくように動かした。

緩やかな波の上で揺られるような心地よさが絶え間なくペニスに送り込まれてくる。

「そうそう……その調子だ。だが、まだ誠意が感じられない。両手は使っていても、まだ口が余っているようだしな」

俊平は自ら腰を動かし、ペニスをキャンディの唇のそばまで押し進めた。その俊平の意図を察して、キャンディは舌先を伸ばすと、先端を舐《な》め上げてきた。

「おっ……」

舌が亀頭に触れただけで、ビリビリと電流が走る。柔らかい乳房の感触と、絶妙な舌使いに、俊平は思わず果てそうなほどの快感を得た。だが、ここで出してしまうのはもったいない。まだメニューはすべて消化しきっていないのである。

「なかなか素晴らしいぞ、キャンディ君」

「はい、ありがとうございます」

「これだけできれば言うことはない。最後の……サービスのレッスンに移ろう」

「サービス……ですか？」

「そうだ。客である私が、今、一番望んでいるサービスはなにかを瞬時に察して、最大限のもてなしをしてみなさい」

「……はい、分かりました。やってみます」

キャンディはそそくさと服を脱ぐと、テーブルに両手をついて俊平に尻を向け、大きく脚を開いていった。腰を突き出し、尻の穴まで丸出しにするいやらしいポーズだ。

その格好のまま、キャンディは背後の俊平を振り返る。

「どうぞ、熱いうちにお召し上がりください」

「うむ、さすがはキャンディ君だ。大当たりだよ」

「ありがとうございます」

「だが、サービスの質の方はどうかな？」

俊平はキャンディの割れ目に沿って指を走らせると、一番敏感な部分を探り出して刺激を与えた。彼女の秘所は充分に潤っていたが、指を動かしていくと更に新たな蜜《みつ》が湧き上がってきて、俊平の指をジットリと濡らしていく。

俊平はキャンディの腰を抱え込むと、尻の割れ目にそってペニスを滑らせていった。さすがに本番はできないので、彼女の内股《うちまた》の間に往復するだけにとどまる。いわゆる素股というやつだ。

それでも、ヌルリとした感触と圧迫感に包み込まれ、さながらキャンディと繋《つな》がったような錯覚を俊平に与えた。

「んっ……はぁぁ……あんっ……熱い……」

キャンディも手を伸ばしてきて、蠢《うごめ》く俊平のペニスを手のひらで覆うと、自分の股間に擦《こす》りつけていった。先端から根本まで、キャンディの蜜壺《みつつぼ》から滴り落ちる愛液によって、俊平のペニスはしとどに濡れた。

「おおっ！　こ、この圧迫感が、まさに私の求めるサービスだっ」

「て、店長……胸の方にも……サービスをご用意……んっ……いたしますので……」

「ほう……」

俊平は激しく腰を打ちつけながら、後ろから手を回して、揺れ動いているキャンディの丸い乳房に両手を伸ばした。右手には綿のような優しい柔らかさが、左手にはそれに加えて胸の鼓動までもが伝わってくる。

思わず頬《ほお》をゆるませながら、俊平はゆっくりとその心地よい感触に酔いしれ、手のひらを円形に動かしていった。

「このふくよかな手触り、これは素晴らしい」

「ああん……あ、ありがとうございます」

ペニスからは絶えずキャンディの淫裂《いんれつ》の湿った温かさが伝わってくる。

俊平は両手で再びキャンディの腰を掴むと、グッと引き寄せ、身体を前後に揺すって激しくスライドさせた。

「はうっ……んくっ……あああああ」

「はあ……はあ…か、完璧なサービスだ」

「わ、私も……お客様に喜んでいただけると……なんだか……気持ちがいいです」

「そうだ、その感情だよ。それこそがウエイトレスに一番大切な感情だ」

「は、はい……ふあああああ……あぁぁぁ」

秘所を擦られてキャンディも感じるのか、漏らす声に喘《あえ》ぐような響きが含まれ始めた。

その甘い声を聞くと、稲妻のように強烈な閃光《せんこう》が俊平の頭の中を駆け抜ける。

俊平は、あっという間にのぼりつめた。

「よし、いくぞ……」

「あっ……あああっ…て、店長ォ……」

最後に強い一突きを入れた後、俊平はペニスを引き抜いた。途端、まっさらなキャンバスのように白いキャンディの背中に向けて、白濁の飛沫《しぶき》が飛び散っていった。


「ん……？」

夕暮れ時……。

Ｍｉｎｋｅｓｔから帰った来た俊平は、自分のマンションの玄関付近に、一人の男が立っていることに気付いた。遠目ではっきりとは分からなかったが、今までこのマンションで見掛けたことのない人物だ。

もっとも、すべての住人を知っているわけではないのだが……。

男は俊平が近付くと、そそくさと顔を隠すようにその場から立ち去っていった。

……なんだろう？

思わず男の方を振り返った。格好はちょっとくたびれたサラリーマン風。だが、なんとなく不快な雰囲気を漂わせた男だ。

「……ま、いいか」

俊平は男のことを頭の中で吹っ切ると、マンションに入り、エレベーターで自分の部屋のある階まで上がった。

「……ん？」

鍵《かぎ》を取り出すためにポケットを探っていると、隣の部屋の前になにかが置いてあることに気付いた。

……へえ。

隣の女の子へ、誰かからの贈り物だろうか。綺麗《きれい》な紅いバラの花をふんだんに使った大きな花束が置かれている。

……隣の女の子ってどんな娘だろう？

花束を見つめながら、俊平はふとそんなことを考えた。こんな洒落たことをされるくらいだから、可愛い娘なのだろうか？

考えてみれば、一度声を聞いたことがあるだけで、未だに顔を合わせたことがない。近所にちゃんと挨拶《あいさつ》をする、しっかりした性格のようだが……。

「一度会ってみたいな」

そう呟《つぶや》きながら俊平は自分の部屋へと入った。

後日……俊平は、この花束が単なる恋の小道具ではなかったことを知る。


俊平がＭｉｎｋｅｓｔに通い始めて瞬く間に数ヶ月が過ぎた。

……こんなことをしてていいのだろうか？

などと思いつつも、休みの日には自然と足が店へと向かってしまうのだ。

他にやることがない……と、言ってしまえば身も蓋《ふた》もないが、俊平はＭｉｎｋｅｓｔが結構気に入っていた。

相手はもっぱら二人の「キャンディ」である。

新しく顔なじみになったキャンディがいる以上、いつまでも従妹である朋華と遊ぶのはマズイだろうと思っていたのだが、

「他の娘を指名したらダメですよ。ＣａｎｄｙがＮｏ．１でなくなってしまいます」

と、釘《くぎ》を刺されてしまったのだ。

別に朋華の言葉に拘束される必要などなかったが、ＣａｎｄｙはＣａｎｄｙで魅力的だ。

結局、俊平は店にいくたびに、交互に「キャンディ」を指名することにしていた。

……順番からすると、今日はＣａｎｄｙの日か。

そんなことを考えながら店に向かっていた俊平は、ふと前方を歩く女の子に気付いた。

遠目に見てもスタイルのよい、あの颯爽《さっそう》とした後ろ姿は……。

「あれ……キャンディちゃん？」

思えば店の外でキャンディを見るのは、初めてMinkestを訪れた時以来だ。なんとなく偶然に会えたことが嬉《うれ》しくて、俊平は小走りで近付きながら声を掛けた。

「キャンディちゃん」

「え……？」

女の子が俊平の声に気付いて背後を振り返った。少し驚いたような表情を浮かべていたが、それはキャンディに間違いなかった。

「へろーっ」

俊平は少しお茶目な格好で片手を上げた。

唖然としていたキャンディは、俊平のおどけた姿を見て、クスッと笑うように表情を崩した。だが、すぐに元の表情に戻ると、何事もなかったようにそのまま歩いていく。

……あれ？

「俊平さんじゃないのォ」

などという返事が返ってくると思い込んでいた俊平は、キャンディのリアクションのなさに拍子抜けしてしまった。

もしかして人違いだったのだろうか？

いや、あれはキャンディに間違いなかったはずだ……と、俊平はある程度の確信を持ってそう思い直した。外で会うことこそなかったが、月に数回は一緒に楽しい時間を過ごしているのだ。

身体の隅々まで知っている彼女を見間違うはずはない。

……だったら、どういうことだ？

遠ざかっていく彼女の後ろ姿を見送りながら、俊平は首を傾げた。

「なあ、もし店の外で客と会ったらどうする？」

プレイを準備するためにカルテになにやら書き込んでいた朋華は、ポツリと呟くような俊平の質問に顔を上げた。

「お客さん……と？」

「そう、店の客だ。その場合ってさ、無視するものなのかな？」

「そうですねぇ……」

ボールペンを顎《あご》にあてて、しばらく考え込んでいた朋華は、相手によるんではないでしょうか……と、曖昧《あいまい》な答えを返してきた。

「お店にいる時は我慢しますけど、やっぱりイヤなお客さんもいますからね」

「店からそんな指示が出ているわけじゃないのか？」

「お客さんと外で会うなっていう店もあるみたいですけど、Ｍｉｎｋｅｓｔはその点に関しては寛大です」

「じゃあ、お前も客と会ったりしてるのか？」

「しませんよ」

朋華は真顔で否定した。

「例外はお兄ちゃんぐらいなものです」

「あ、そう……」

確かにこの店で再会して以来、朋華とは何度も外で会っている。従兄妹だからということもあるが、俊平とて店の客には変わりないのだ。

……だとすると、キャンディがオレを無視したのは彼女の意志で？

どうしても店に来る前に見掛けたキャンディの態度が気になって、朋華に訊いてみる気になったのだが……。

「分かった！　お兄ちゃん、キャンディさんと外で会ったんでしょ？」

「うっ……」

ズバリと言い当てられて、俊平は返事に窮した。

「ちゃんと聞いてます。お兄ちゃんがＣａｎｄｙだけじゃなく、キャンディさんも指名してるってこと」

「そ、それは……その……」

言い訳するようなことではないと承知はしていたが、ムッとした表情を浮かべている朋華に対して、俊平は思わず萎縮《いしゅく》してしまった。

「どうせ『キャンディ』って呼んだんでしょ？　それじゃ無視されるのは当たり前です」

「え……なんで？」

「だって、街でいきなり源氏名で呼ばれたら、誰だって戸惑うじゃないですか」

「……………………」

そういえばそうか。考えてみれば簡単なことだ。

キャンディがどういう理由でこの店で働いているのかは知らないが、源氏名で呼ばれるとマズイことがあるのかも。

「なるほどな……」

俊平は朋華の言葉に何度も頷いた。

「それより、なんで『Ｃａｎｄｙ』だけを指名してくれないんですか？」

「いや、だから……それは……」

話が再び違う方向に流れ始め、俊平は慌てて言い訳の言葉を口にした。

「ほ、ほら……お前のよさを再確認するためというか……」

なんでこんな卑屈にならなきゃいけないんだろう……とは思うが、頭ごなしに糾弾されると、なんだか悪いことをしたように気になってくる。

……相手が誰であろうと、オレは尻に敷かれるタイプなのか？

俊平はそう自覚して暗澹《あんたん》たる気分になった。

「じゃあ、再確認してもらいます」

朋華は仁王立ちのまま、俊平を睨《にら》み付けた。


部屋の中は立派な書斎だった。

両脇にはマホガニー製の立派な書棚が置かれ、何百という数の本が並べられている。そして、正面にはがっしりとした机《つくえ》が一つ。

毎度のことながら、Ｍｉｎｋｅｓｔのセットの豪華さには圧倒されてしまう。書棚に入っている本も適当な雑誌などではなく、ちゃんと本物の洋書や学術書が並べられていた。

……こんなの、どこから持って来たんだろう。

俊平はそのうちの一冊を取り出してパラパラと捲《めく》ってみたが、ドイツ語の本らしく、なにが書いてあるのかさえ分からなかった。

「お帰りなさいませ、旦那様」

突然、後ろから声がした。

振り返ると、そこにはＣａｎｄｙが綺麗な姿勢で立っていた。少し変わった感じの可愛らしいメイド服がよく似合っている。

「あの……新しく入りましたメイドのＣａｎｄｙです。旦那様の身の回りのお世話を仰せつかりました」

「ああ、そうか」

俊平は手にしていた本を書棚に戻しながら、Ｃａｎｄｙに頷き返した。今回の設定での役柄は、メイドを調教する旦那様である。

「では……まず、なにから始めたらよろしいでしょうか？」

「……そうだな」

俊平は腕を組んで考えながらＣａｎｄｙの全身を上から下までジッと見回すと、もっと近くに寄ってくるようにと指示した。

Ｃａｎｄｙはしとやかな動作で、素直に俊平の近くまで歩いてくる。

「うーん、バストは幾つだ？」

「は、はい？　あの……88ですけど、それがなにか？」

「ウエスト、ヒップは？」

「55、82ですが……」

「うん……いいのを仕入れたな」

俊平の呟きに、Ｃａｎｄｙは「え？」と眉《まゆ》をひそめた。だが、俊平はそんなＣａｎｄｙの様子を無視して顔を寄せる。

「下着はつけているか？」

「は、はい……つけていますが……」

「じゃあ、今すぐ脱ぎなさい。ここではメイドが下着をつけるのは禁止だ」

「え……な、何故ですか？」

「私の趣味だ。いいから脱ぎなさい。命令だ」

「は、はい……かしこまりました」

命令という言葉には逆らえず、Ｃａｎｄｙは小さく頷いてスカートの中に手を入れると、下着に手を掛けてゆっくりとおろしていった。

脱いだ下着を片手でぎゅっと握りしめながら、

「あの……これでよろしいでしょうか？」

と、おずおずと問うた。

「よし、じゃあ、下着は没収だ」

「は、はあ……」

俊平は有無を言わせずにＣａｎｄｙからショーツを奪うと、自分のポケットの中にねじ込んだ。これで準備はＯＫだ。

「じゃあ、……まずは肩でも揉んでもらおうかな」

「はい、かしこまりました」

俊平が近くにあった椅子《いす》を引き寄せて座ると、Ｃａｎｄｙはその背後に回って肩に手を掛けた。

「違う、そうじゃないだろう？」

「え……肩揉みですよね？」

「ここでの肩揉みはそうじゃないんだ。こういう風にするんだよ」

Ｃａｎｄｙの手を掴んで椅子の前に立たせると、俊平は身体が密着するまで抱き寄せた。座っている俊平の顔のあたりに、ちょうどＣａｎｄｙの胸がくる。

更に腰を抱えて強く引き寄せると、俊平はＣａｎｄｙの豊かな胸の谷間に顔を埋めた。柔らかな乳房が頬にあたる感触が心地よい。

「な、なにを……」

「この状態で肩を揉むんだ」

「え……でも、どうやって？」

「両方の胸で肩を叩くんだ。こうやってな」

俊平は両手でＣａｎｄｙの胸を挟み込むように持つと、縦に大きく揺らし始めた。実際にはこんな方法で肩など揉めるはずはないのだが、そこはお遊びというやつだ。

「は、はい……分かりました」

Ｃａｎｄｙは両手で自分の胸を持つと、俊平の顔を挟み込んだままゆっくりと揉み始めた。柔らかな乳房の感触が頬から伝わり脳を刺激する。

手を後ろに回してＣａｎｄｙのスカートを捲り上げると、形のよい尻を露出させて、尻房を手のひらで思いっきり掴んだ。

「あっ……あんっ！」

胸に負けないほどの柔らかさが俊平の欲望を掻《か》きたてていく。

指を尻の割れ目に這《は》わせ、背中からアヌスの周辺までを丹念に愛撫《あいぶ》した。指先がアヌスに触れるたびに、Ｃａｎｄｙの身体はギクギクと跳ね上がる。こちらの方はどれだけ経験があるのか知らないが、感じていることは間違いない。

「あっ……ダ、ダメェ……あぁぁんっ」

「手がお留守だぞ。しっかり揉め」

「は、はい……んんんっ」

Ｃａｎｄｙは俊平の愛撫に耐えながら、懸命に手を上下させて、自らの胸を揉みしだく。

俊平も指を休めずにアヌス周辺を重点的に攻め続けた。

「はぁ……はぁ……あ、あの……どうでしょう？　旦那様……」

「うん、いいぞ。気持ちよかった。ご苦労さん」

「は……はい」

「じゃあ、次は……と」

一旦、身体を離してＣａｎｄｙを解放すると、俊平は顎に手をあてて次の手順を思い出した。次は確か……。

「……っと、その前にトイレにいきたいな」

「では、あちらの方に」

唐突とも思える俊平の言葉に、Ｃａｎｄｙは手際よく部屋の外を示した。すでに手順は打ち合わせ済みなので当たり前のことだが、それを言っては興ざめしてしまう。

そこで、俊平は少し変化をつけてみることにした。

「いや、代わりにおまえがやってくれ」

「え……私が？　そんな……私がしたって……」

「いいからするんだ。ここで……私の目の前で」

俊平はそう言って、目の前にある机を指さした。

まさか、そんな場所を指定するとは思ってもみなかったのか、Ｃａｎｄｙは少し焦った表情を浮かべた。

「ここで……ですか？」

「そうだ、命令だ」

「は、はい……」

Ｃａｎｄｙは躊躇《とまど》いながらも机の上に乗ると、足をゆっくり広げて準備した。大きく開かれた足の付け根は、先ほどの愛撫で感じてしまったのか、てらてらと光る愛液で充分に濡れていた。

「なんだ……すでに濡れているじゃないか」

俊平はにやりとした笑みを浮かべると、手を伸ばして割れ目にそっと指を這わせた。ヌルッとした感触が指から伝わってくる。

指が触れた瞬間、Ｃａｎｄｙの身体がビクリと跳ね上がった。

「ああっ……」

「どうだ？　出そうか？」

「そんな……急には……」

「じゃあ、私が手伝ってやろう」

俊平は手のひらを使って股間全体をゆっくりと揉み始めた。じっくりとＣａｎｄｙの恥丘を圧迫し、強制的に尿意を促す。その手のひらの動きに、Ｃａｎｄｙは大きく身体を震わせた。

「ああっ……だ、旦那様……ダメですっ」

「我慢することはない、ほら」

とどめとばかりに恥丘から下腹部にかけて突つくように刺激を与えていくと、Ｃａｎｄｙは大きく身体を仰け反らせた。

「あっ……あああ……んっ」

悲鳴にも似た声を上げるのと同時に、暖かみを帯びた液体が流れ出し、机の上をしとどに濡らしていった。部屋に卑猥《ひわい》な音が響き渡る。さすがのＣａｎｄｙも頬を朱に染め、ジッと目を閉じていた。

「ああ、よかったぞ。すっきりした」

液体の放出が終わると、俊平は傍らにあったティッシュを取って優しくＣａｎｄｙの股間を拭いてやった。

こんな場所でしかできない放尿プレイに、俊平は今までにない興奮を感じていた。いくら心を許した相手であっても、現実の性生活では、ここまでのプレイを楽しむことは困難だろう。俊平も実生活において、こんなことを相手に要求する趣味はない。

これも店ならではの楽しみ方である。

「あ、ありがとうございます。旦那様」

Ｃａｎｄｙは頬を染めたまま、小さな声で礼を言った。

まったくの他人であるならともかく、Ｃａｎｄｙ……朋華も、俊平の視線に晒《さら》されるのには抵抗があったらしい。仕事とはいえ、羞恥心《しゅうちしん》がないわけではないのだ。

そんな心情は充分に承知している俊平だったが、かえって嗜虐心《しぎゃくしん》もそそられる。

「しかし、私がしたかったのは小じゃなかったんだ」

「え……それはどういう……」

「こういうことだ」

俊平はＣａｎｄｙを抱え上げて床に下ろすと、メイド服を剥《は》ぎ取って、四つん這いにさせた。後ろから丸く並んだ尻肉を左右に広げてやると、綺麗な色をしたアヌスが目の前に晒された。

Ｍｉｎｋｅｓｔでは、本番はＮＧだが、うしろならプレイすることができる。こちらを使うのは俊平にとっても初めての経験だった。期待でパンパンになっているペニス取り出すと、俊平はＣａｎｄｙから溢《あふ》れた蜜を塗りつける。

「あ、あの……日那様？」

不安そうなＣａｎｄｙを無視して、鋼と化したペニスをアヌスに押し当てた。

「キャッ……あ、あの……そこは……」

「こっちはなかなか出てこないようだから、刺激してみればいいと思ってね」

Ｃａｎｄｙの腰をしっかりと押さえつけると、俊平はゆっくりと狭い穴の中に身体を押し込んでいった。

「んあああああっ……っ」

悲鳴のような呻《うめ》き声《ごえ》を上がる。

事前にだいぶほぐしてあったために思ったよりはスムーズに入っていったが、それでもキツイことには変わりない。ミリミリと音を立てそうなほどだ。

「あっ……あああっ……は……入ってくる」

Ｃａｎｄｙは酸素不足の魚のように、パクパクと口を開く。だが、俊平はそんなＣａｎｄｙに構わず、更に奥へと押し進んでいった。

「よし……入った」

根本まで埋め込むと、侵入してきた異物を寸断するかのように、Ｃａｎｄｙの内部が強く締め付けてくる。前とはまた違った締め付け方だ。痛みとも快感とも思える半端な感覚。それでも俊平は、達成感と満足感ですぐにもイキそうになってしまった。

大きく深呼吸して気を落ち着かせると、俊平はゆっくりと腰を揺さぶり始めた。

「んんっ……はぁ……あっ……ううっ……」

Ｃａｎｄｙも大きく息を吐く。すると、少しだけ締め付けが弱くなった。アナルを使う場合のコツなのだろう。その機を逃さず俊平は大きく動き始めた。

何度も繰り返しているうちに、Ｃａｎｄｙの声も徐々に高まっていき、快楽を含んだものへと変化していく。俊平はＣａｎｄｙのアヌスにさらなる高い喜びを与えるべく、注送の速度を上げていった。

「んぅ……あぁぁん……だ、旦那様ぁぁ」

Ｃａｎｄｙの声が完全な喘ぎ声に変わった。

自ら腰を動かし、俊平のモノから与えられる感覚に酔いしれている。もちろん、俊平も同じだった。下腹部は破壊衝動にも似た熱い感覚に襲われ、今にも張り裂けそうになっている。そして、もちろん……それを抑える理由はない。

「くぅ……キ、Ｃａｎｄｙ……イクぞ」

「ふぁぁ……あっ……き、きてください……あああっ」

俊平はＣａｎｄｙの腰を更に抱え込むと、最後の二、三発を打ち込むようにして、彼女の体内に放出して終わった。ギュウギュウと締め付けてくるＣａｎｄｙに、最後の一滴まで搾り取られているような感触であった。

「どうだった？」

「はい……気持ちよかったです」

グッタリとしたＣａｎｄｙに、俊平は覆い被さるよう

にして床に身体を横たえていった。

第三章　朋華の事情と平手打ち

俊平はイメクラにハマってしまっている。

……とは言っても、さすがに毎週のように通い詰めているわけではない。その理由の第一は、金がもたないということである。朋華と再会してから、Ｍｉｎｋｅｓｔで一体どれだけ使ったのか、計算するのが恐ろしくなるほどだ。

そんなわけで……。

俊平は久しぶりに店にいかない休日を過ごしていたが、これといってやることがあるわけでもないので、せいぜい駅前周辺の繁華街をぶらつく程度だ。

心のどこかでは、またキャンディと会えないかという微かな期待はあったのだが……。

……これは偶然か？　それとも必然と言うべきだろうか？

駅前まで来た途端、俊平は凛々《りり》しい姿で歩くキャンディを見つけてしまった。

今回は前の時のように、いきなり源氏名で呼びかけたりするヘマはしない。俊平は、深呼吸をすると、

「えっと……こんにちは」

と、背後からそっと声を掛けた。

「キャッ！」

彼女は驚いた声を上げながら、ビクリと身体を震わせた。そのリアクションは、声を掛けた俊平の方が戸惑ってしまうほどのものだった。

「ご、ごめん……驚かせて」

「はあ……い、いえ……」

彼女は声を掛けてきたのが俊平だと知ると、少し安堵《あんど》したように表情を柔らげた。

一体、誰だと思ったのだろう？

「また……会ったね。オレのこと、覚えてる？」

俊平は慎重に言葉を選んで話し掛けた。

覚えてるもなにも、彼女がキャンディなら俊平のことを知らないはずがない。だが、俊平は敢えて初対面のような話し方をした。

店以外で源氏名を呼ばれることを嫌っているのなら、いっそのことキャンディとは切り離して接してみようと思ったのだ。

「ふふ……覚えてます」

彼女は面白そうに笑った。それが俊平の意図を察しての笑みなのか、前回のおどけた態度にあるのかは判断できない。

どちらにしても、今回は会話に付き合ってくれそうな手応《てごた》えを感じて、俊平はこの時ばかりに……と、話し掛けた。

「よく会うよね。オレ達、気が合うのかなぁ？」

「ふふふ……そうですか？」

「この辺に住んでるの？」

「ええ、そうです。ここから歩いて二十分ぐらいのところに」

さすがに詳しい住所は教えてくれなかったが、距離からすれば俊平と同じ辺りに住んでいることになる。偶然とはいえ、こうして町中で再会できたのもうなずけた。

「私、この街が気に入っていて、よく来るんです」

「ここっていいよね」

「そうですね」

「今……暇かな？　時間があるなら、近くにいい喫茶店を知ってるから、そこでゆっくり話しない？」

俊平は思いきって、もう一歩踏み出してみることにした。この雰囲気なら、簡単に付き合ってくれそうな気がしたのだが……。

「ごめんなさい。これから用事があって……」

あっさりと断られてしまった。ただ、いやだ……というわけではなく、用事があるというのがせめてもの救いだろうか？　もっとも、よくある体のよい断り文句なので、鵜《う》呑《の》みにすることなどできない。

「じゃあさ、名前を教えてくれない？」

「私のですか？」

Ｍｉｎｋｅｓｔと切り離して接するのだし、無論、キャンディと呼ぶわけにはいかない。本名が分かれば、それに越したことはなかった。

「私は……水無月《みなづき》。水無月友佳《ともか》って言います」

彼女はしばらく躊躇《ちゅうちょ》していたが、やがて、そう答えてくれた。

「友佳ちゃん……か。可愛い名前だね。オレは睦月俊平。一応、社会人やってるんだ」

「そうなんですか」

彼女……友佳は頷《うなず》きながら笑みを浮かべたが、さほど感銘を受けた様子はなかった。彼女がキャンディなら、俊平の名前や素性などはとっくに知っているはずなのだから。

「じゃあ、私……これで」

「あ、待って待って」

その場を立ち去ろうとした友佳を、俊平は慌てて呼び止めた。友佳はその制止の声を聞いて立ち止まると、可愛く首を傾げる。

「電話番号を教えてよ。……いい？」

「……………………」

「ね、いいだろ？」

「うーん、どうしようかな」

「頭の三桁《けた》だけでいいから」

「ははは、三桁だけでいいんですか？」

俊平が両手を合わせて拝《おが》むようにして頼むと、友佳は面白そうに笑った。

「いや、本当にそれだけじゃ困るけど……」

「じゃあ、また今度会えた時に教えてあげます」

そう言って友佳は再び歩き始めた。

「え……それっていつだよ。会えないかもしれないのに」

「じゃあ」

友佳はチラッと俊平の方を振り返ると、小さく手を振った。今度は立ち止まらず、そのまま歩いていってしまう。

しつこく追えばよかったのかもしれないが、俊平は黙って彼女を見送った。

なんとなく……また会えるような気がしたからだ。


「あれ……朋華じゃないか？」

友佳と別れて数分後……。

今度は人込みの中に、朋華らしき女の子を見つけた。距離にして十メートル足らずだが、朋華は俊平に気付いていない様子だ。

……あの、隣にいるのは誰だろう？

朋華は男と親しそうに話をしながら歩いている。ここから見た限りでは、かなり年配の男のようだ。少なくとも同年代の男には見えない。

……客か？　客とデートはしないって言ってたのに。

ぼんやりと眺めていると、朋華は自分から腕を組んだ。その姿は、どう見ても普通の恋人のようには思えなかった。

不倫か……援助交際か……。

「あいつ……なにを考えてるんだ？」

心配になった俊平は、二人の後をつけてみることにした。

二人がどこへいくのかを見届けたからといって、俊平にどうするという考えがあったわけではなかったが、なんとなく放っておけなかった。

もはや偉そうに言える立場ではなくなってしまったが、俊平は朋華の両親から彼女のことを頼まれている身である。

本来なら首を突っ込むようなことではないのかもしれないが、あの男と怪しい関係にあるのなら、一言ぐらいは注意しておこうと思ったのだ。

五分ほど後をつけていると、朋華達は街から少し離れた場所にある飲み屋街に入った。

ホテルにでもいくのかと思っていただけに、なんだか拍子抜けする思いだ。

……何故こんな所に？

夜はネオンで賑やかなこの通りも、昼間はほとんど人通りがない。

「あれ、どこへいった？」

二人が路地を曲がったところで見失ってしまった。俊平は焦る気持ちを抑えながら、しばらくその付近を探してみた。しかし、どこを探しても二人の姿はない。

……仕方ない。夜に電話でもして訊《き》いてみるか。

諦《あきら》めて帰ろうとした時、俊平は古びたビルの階段を上っていく二人の姿を見つけた。

「………………」

テナントもほとんど入っていなさそうだ。

……こんな場所になにをしに来たんだろう？

そっとビルの中へ足を踏み入れてみると、中は薄暗く、なにかの店があっても、とても営業しているような雰囲気ではない。

「……ん？」

どこからか、朋華の声が聞こえたような気がした。その声のする方に進んでみると、階段の踊り場に朋華の姿が見えた。その背後には男もいるようだ。

そして、その二人がなにをしているのかを知った時、俊平は自分の目を疑った。

「ああ……お願い……はやくぅ……してぇ……」

朋華の手はベルトで締められ、踊り場の手すりに拘束されている。

そして男が後ろから……。

「今してやるよ。ちょっと待ってな」

朋華の下着が男の手によってあらっぽく引きずり下ろされる。露わになった朋華の陰部に男が顔を埋めていった。

「ううっ……ああっ……」

ここからはハッキリ見えないが、なにをしているのかは容易に想像がつく。朋華達は俗にいう野外プレイをしているのだ。

「ああっ……もっとして……ああっ」

股間《こかん》に顔を埋めた男が大きく顔を揺らすたびに、朋華は大きな声を上げる。朋華は男から与えられる快感を、拒むことなく受け止めている。

……あいつ。

俊平はどうしてよいのか分からずに、物陰に隠れて二人の行為を見つめていた。

……これじゃ、ただの淫乱女《いんらんおんな》じゃないか。

店でどんなことをしようと、それは遊びの範疇《はんちゅう》だ。イメージクラブは名の通り、日常から離れてイメージのプレイを楽しむ場所なのだから。

だが、同じようなことをしたとしても、店から離れてしまうと途端に現実味を帯びてしまう。日常生活の中での変態プレイと、イメクラでの遊びでは雲泥の差だ。

あるいはこれも言い訳にしか過ぎないのかもしれないが、少なくとも俊平は店での遊びを外へ持ち出すつもりはまったくなかった。

……だけど、朋華の奴はそういう女だったのか？

男の手が朋華のスカートの中で更に激しく動き、朋華も野外ということを忘れて大きな声で喘《あえ》いでいる。

いくら人気がないといっても、誰かが来ないという保証はないのだ。現に、こうして俊平が見ている。

「うああっ……頭の中が揺れて……もうダメ」

二人の行為は更にエスカレートしていった。豊満な身体を屋外でさらけ出し、淫靡な声を空中に投げ出している。

……もう見ていられない。

俊平は思いきって、朋華から見える位置に立った。

「んん……あっ……あ……？」

朋華が目を開いた瞬間、その姿が見えたらしい。朋華はギクリとしたように俊平を凝視した。今まで、大きく喘いでいた声が止まった。

「あ……」

第三章　朋華の事情と平手打ち

「どうしたCandy?　イキな……我慢せずに」

男は俊平の存在に気付かず、一生懸命に朋華を攻め続けている。だが、そんな男に答えず、朋華は大きく目を見開いて俊平を見つめていた。


……これでは、あの男と変わらないな。

数日前に朋華と見知らぬ男の野外プレイを見た俊平は、どうしても不快感を拭《ぬぐ》い去ることができなかった。だが、Minkestにいる限りは大差ないように思える。

現在、俊平はパンダのヌイグルミを着込んでキャンディを待っているのだ。

この格好でエッチをしようというのだから、客観的に見れば、ある意味変態と言えるかもしれない。

しかし、これは一時の夢。遊びなのである。

「あ、見つけた」

背後から聞こえてきた声に、俊平は思考を中断して振り返った。遊ぶのなら、中途半端な考え事はやめて、徹底的に遊ぶべきだ。

「こんなところにいたの?」

そこには、真っ赤なチャイナドレスを着込んだキャンディがいた。身体のラインがくっきりと浮き出て、なかなかに悩ましげな姿だ。キャンディは俊平を見ると、悪戯《いたずら》っ子《こ》を見るような表情を浮かべた。

「逃げ出しちゃダメじゃない」

「ん？」

今回、俊平は「受け」と決めただけで、設定をキャンディにすべて任せてしまっていた。たまには自分で選ぶのではなく、こういうのもいいだろうと思ったのだ。

だが、それだけに、これからどう展開していくのかまったく分からない。俊平はパンダの着ぐるみを渡され、セットもなにもない部屋に通されただけであった。

「もう、しょうがないわね。じゃあ、ここで始めましょう」

「へ？　始めるって……なにを？」

「ンもう！　なにを言ってるのよ。調教よ、調教ォ。芸を覚えるの」

「ああ……そうだっけ？」

どうやら、今回は調教されるパンダという役柄らしい。

「そうだっけ、じゃないわよ。パンダちゃんを調教するのよ。物覚えが悪いんだからァ」

「まあ……動物ですから」

「人ごとみたいに言わないの、もォ」

キャンディはしょうがないなぁ……という顔をしながら腕組みをした。そんな表情を向けられると、なんとなく申しわけない気分になってくる。

「はあ……分かりました」

「ダメダメッ！　返事は元気よく」

「はい」

「それじゃ、調教を始めるわよ。まずはお手」

俊平はその言葉通り、素直に片手をキャンディの方に差し出した。

「なにやってるの？　違うでしょ、パンダのお手はこうでしょ？」

キャンディは服の胸元を少しはだけさせると、俊平に迫ってきた。スカートがまくれ上がり、大胆に開かれたスリットの脇から、真っ白な脚を付け根の部分まで覗《のぞ》かせる。

片足を俊平の股《また》の間に滑り込ませて密着させると、腕を掴《つか》んで自らの胸に押し当てた。

「おっ……⁉」

「こうよ、分かった？」

着ぐるみは手の甲を覆っているだけで、手のひらは露出したままだ。その手のひらいっぱいに、ボリュームのある、マシュマロのような乳房の感触が伝わってくる。すでに固くなった乳首が、手のひらの中心を刺激した。

キャンディは俊平の手の上に自らの手を重ねると、そのまま自分の胸を揉《も》みしだくように動かした。その動きに合わせ、乳房が色々な形に変わっていく。

「そうそう……いい感じよ」

俊平は少し手をずらし、指で乳首を挟んで愛撫《あいぶ》した。つついたり軽く引っ張ったりを繰り返していくと、キャンディの唇から甘い吐息が漏れ始めた。

そんな声を聞くと、俊平も徐々に興奮してくる。

「もう片手がお留守ね」

キャンディは手を伸ばすと、残った俊平の腕を掴んでスカートの中へと導いた。きめ細かくスベスベとした太股《ふともも》の感触が手に伝わり、やがてショーツへとたどり着いた。

「もっと私を気持ちよくさせないと、一人前のパンダになれないわよ」

「一人前のパンダ……ねぇ」

思わず一人前のパンダの意味を考えてしまったが、キャンディに急かされて思考を中断すると、ゆっくりと手を動かし始めた。スカートの中にある手で内股のあたりを、触れるか触れないかの程度で軽さで、そっと撫《な》で下ろしていった。

「あっ……あぁぁ……ん……その調子よ」

胸にある手も休めることなく乳房を揉み込んでいく。

キャンディは俊平の股間にあたっている足を動かし、モノを下から突き上げるように刺激してきた。股間に太股が触れるたびに、俊平のモノに少しずつ快感が流れこんでくる。

「んぁ……ここも……すごく固くなってる…」

「そりゃ、こんなことしてればね」

俊平はスカートの中にある手を、内股からさらに奥へと進入させていった。ショーツの中に潜り込ませると、キャンディの淡い茂みに触れ……さらに奥へと指を伸ばした。

「あんっ……！」

ヌルリとした感触が指先から伝わってきた。

すでに濡《ぬ》れているらしい。割れ目には大量の愛液が滴っている。その源泉を求めて、ゆっくりと指が進み始めた時。

「お預け。まだそこはダメよ」

「え、なんで？　もうここも……オレのも準備万端なのに」

「お預けを覚えないと、ただの野獣になっちゃうからね、さあ、次の調教にいくわよ」

「次の調教？」

「お手の次はチンチンに決まっているでしょう？」

そう言うと、キャンディはロープを取り出した。

どうやら縛りプレイらしい。俊平の両腕を後ろ手で縛り付けると、キャンディは着ぐるみごとズボンを脱がせ、すでに屹立《きつりつ》していたペニスを露出させた。

「くっ……な、なにを……」

「だから、チンチンよ」

キャンディは笑みを浮かべると、俊平のモノを優しく握り込んだ。指がさわさわと動き、絶妙な刺激を与えてくる。

「こ、これが……芸？」

「そうよ」

大きく頷くと、キャンディは俊平のペニスに余ったロープを絡ませた。その両端を軽く引っ張り、ペニスを締め上げながら優しく擦《こす》り上げてくる。痛みにも近いロープの刺激と指からの優しい刺激に、俊平は短く声を上げてしまった。

「うふっ…どう？　気持ちいいでしょ？」

根本から亀頭の先までを愛撫していたキャンディの指が、徐々に激しさを増していき、今度は手のひら全体を使ってしごき始めた。

俊平は一気にのぼりつめてしまいそうだった。

「そんなにされると……イッちゃう……」

「ダメ……我慢して。イクのはまだお預け」

キャンディは手の動きを止めると、俊平の動きを封じていたロープを解いた。そして、チャイナドレスを脱ぎさって全裸になると、床を指さした。

「そこにお座り」

「はい」

俊平はキャンディの言葉通りに、その場に座った。

「さあ、よく頑張ったわね。ご褒美よ」

キャンディは俊平のペニスにゆっくりと顔を寄せると、赤い舌をチロチロと這《は》わせてきた。小さな唇を広げて、横から竿《さお》をくわえ込み、ねっとりとした唾液《だえき》をたっぷりと絡み付けてくる。

「んむっ……んっ……ん」

「……くっ！」

キャンディにとってはまだ手始めともいえる攻めに、俊平は早くも呻《うめ》き声《ごえ》を上げた。ゆっくりと舌を蠢《うごめ》かせながら、少しずつ唇を上部へ移動させていく。その舌の動きに、俊平は再びのぼりつめていった。

「んぅっ……む……はぁ……どう？　気持ちいい？」

「凄《すご》く気持ちいい……こんなに気持ちいいのは、生まれて初めてかも」

「じゃあ、今日はたっぷり感じさせてあげるね」

キャンディはカリ首の下に舌を這わせてきた。まるで蛇のように左右に激しく舌先を震わせ、過敏なポイントを的確に擦り上げてくる。その強烈な刺激に、背筋にビリビリとした痺《しび》れが走る。

「うふふ……まだまだ射精はお預けよ。せっかくのご褒美なんだから、たっぷり味あわないともったいないでしょう」

確かにそうなのだが、このままでは長くもちそうにもない。言葉とは裏腹に、キャンディの舌は踊るように動いて射精感を引き出そうとする。それに耐えようと、俊平は全意識を下半身に集中させた。

だが……。

「も、もうダメだ……これ以上は耐えられない」

「んんっ……はぁ……いいのよ……出して」

俊平はキャンディの頭を抱え込み、最後の絶頂感を加速させようと自ら腰を振った。キャンディの喉《のど》の奥まで突き上げた瞬間、なにかが弾けたように頭の中が真っ白になった。

「んっ！」

「んぁ……ふぁぁぁ……んんん」

熱い精液が開放感と共に、キャンディの口の中に注ぎ込まれる。大量の体液がキャンディの口から溢《あふ》れ、顎《あご》を伝って胸へとしたたり落ちた。

「お疲れさま」

後始末を終えたキャンディが、服を着込みながら、にっこりとした笑みを俊平に向ける。

「あ、ああ……」

俊平は曖昧《あいまい》に頷き返した。

プレイしている最中はきれいに忘れてしまっていたが、たまっていた欲望を一気に放出してしまうと、また朋華のことが気に掛かり始めたのだ。

この前の件で朋華に電話を入れると、やはり彼女は俊平があのビルにいたことを気付いているようであった。事情を説明しろと言う俊平に対し、朋華は直接会って話をしたいと言ってきたのだ。

今日の仕事が終わったら、俊平の部屋に来て話をすることになっているのだが……。

「どうかしたの、俊平さん？」

「あ、いや……別になんでもない」

不思議そうに顔を覗き込んでくるキャンディに、俊平は大きく首を振ってみせた。

「そう？　なんかめずらしく悩み事でもあるみたい」

「そ、そんなことは……」

ズバリと言われて俊平は言葉に詰まってしまった。悩みといえるかどうか分からないが、キャンディの洞察は的中しているのだ。

「……俊平さん？」

キャンディは意外に深刻そうな俊平の様子に、笑みを消して表情を引き締めた。

客商売だけあっていつもニコニコしているが、キャンディは真面目《まじめ》な顔をすると知的で大人っぽい雰囲気を持っている。

俊平は、ふと、朋華のことをキャンディに相談してみようかという気になった。同じ場所で働いているのだし、少しは朋華の気持ちが分かるかもしれない。

「実は、さ。この店にもう一人『Candy』がいるだろ？」

「ええ。……俊平さんが指名してる娘《こ》でしょ？」

「……………………」

結構、女の子達はどの客が誰を指名しているのかチェックしているらしい。軽く眉間《みけん》にしわを寄せているキャンディを見る限り、やはり馴染《なじ》み客に、自分以外に贔屓《ひいき》の娘がいるというのは面白くないことのようだ。

まあ、それはともかく……。

俊平はキャンディの辛辣《しんらつ》なツッコミを無視して口調を改めた。

「実は……あれ、オレの従妹なんだ」

「従妹⁉」

キャンディは俊平の告白に驚いたような表情を浮かべたが、また微かに眉根《まゆね》を寄せる。

「でも……従妹を指名してるの？　それってマズイんじゃないの？」

「ま、まあ……ね」

この点に関して、俊平に弁解の余地はない。

だが、話の主題はそんなことではないのだ。

朋華が年配の男と付き合っていることなど、俊平はキャンディに一通りの事情を話して聞かせた。

「でさ、ここからはお願いなんだけど……店にいる時だけでいいから、朋華の様子を見ておいてくれないかな？」

「変わったことがないかをチェックしておけばいいのね？」

「ああ、それでいい」

それ以上のことをキャンディに頼むのは無理だし、店での朋華の様子が分かれば、とりあえずはそれで充分だろう。

「分かったわ。他ならぬ俊平さんの頼みだもんね」

たいしたことはできないと思うけど……と、付け足して、キャンディは快く承知してくれた。もっとも、朋華と直に話して解決するようなことであれば、それに越したことはないのだが……。

「へえ……意外と綺麗《きれい》じゃないですか。びっくりしました」

朋華は俊平の部屋に入るなりそう言った。確かに、男の一人暮らしにしては片づいている方だと俊平自身も思っている。特別に綺麗好きというわけではなかったが、掃除などがさほど苦でない性格も幸いしているのだろう。

「掃除だけはきちんとしてるからな」

「彼女にしてもらってるんですか？」

「……いないよ。自分でやってるんだ」

一瞬、言葉に詰まったが、朋華はすでに俊平に彼女がいないことを察している。嘘《うそ》を言ってまで見栄を張る必要もない。仕方なく、俊平は正直に答えた。

「そうでしたね。じゃなかったら、Ｍｉｎｋｅｓｔに通ってきたりしませんもんね」

「お前はオレにケンカを売ってるのか？」

「素直な感想です」

朋華はけろりとした表情で言うと、俊平のベッドに腰を掛けた。

なにか言い返してやろうかとも思ったが、適当な言葉が浮かんでこなかったし、今はそんなことを言い合っている場合ではない。

俊平は、軽く咳払《せきばら》いをして雰囲気を変えると本題に入った。

「それで……だな。朋華、あの男は……お前のなんだ？」

「……………………」

「なんで、あんなビルで……その……あんなことを？」

「…………………」

話題が例のことに移ると、今まで笑顔を浮かべていた朋華は、押し黙ったまま俯《うつむ》いて床を見つめた。なにか理由を聞かせてもらえるものと思い込んでいた俊平は、朋華の意外な反応に戸惑ってしまった。

だが、互いに沈黙したままでは話が進まない。

俊平は思いきって、結論から先に言った。

「あの男とは、もう会うな。いいな？」

「……いいじゃないですか、私が誰と付き合おうと」

朋華が小さい声で反論した。小声ではあったが、そこには強い意志を感じる。俊平は話が簡単に終わりそうにないことを、いやでも感じずにはいられなかった。

「よくない。あれは誰が見たってマトモじゃない」

「なにしようと私の勝手じゃないですか。お兄ちゃんとは関係ありません」

「関係はある！」

俊平が語気を強めると、朋華は驚いたように目を見開いた。

「オレは叔母さんに、お前のことをよろしくと頼まれているんだ」

「お兄ちゃんは……親に言われたから、朋華と会ってくれるんですか？」

明華は再び俯きながら、ぽつりと呟《つぶや》くように言った。

「違う。キッカケはそうだったけど、今は自分の意志で会いにいっている」

「…………………」

「この東京で、お前のことを一番心配しているのはオレだ。だから……だから、ああいうことはもうやめてくれ。あの男とも会うな」

少し一方的な言い方であることは承知していたが、明華が男のことを語らない以上、俊平には他に言いようがなかった。客観的に見て、あの男がアブノーマルな性癖の持ち主であることは間違いない。

しかも年配の男だ。まともな関係とは言いにくいだろう。

「お兄ちゃんと……」

「え……？」

「お兄ちゃんと、もう少し早く会っていればよかった。そうすれば寂しくなかったのに」

「明華？」

ほんの少し、明華の心情が見えたような気がした。

少し変わった性格の持ち主なので、その行動には理解しかねる部分があるが、心は普通の女の子となんら変わるところはないのだ。

「でも……もう遅いです。私のことわかってくれるのはあの人だけです」

思わず頭にカッと血がのぼった。

従兄である自分以上に、野外プレイを強いるような男の方が朋華を理解している？

「あんな男のどこがいいんだ!?」

「悪口はやめてください」

「いいや、言ってやる。あんな変態オヤジなんか……」

パン！

頬《ほお》に衝撃を感じて、俊平は言葉を途切らせた。

一瞬、なにが起こったのか分からなかった。瞳に涙を浮かべている朋華を見た時、初めて自分が平手打ちされたことを知った。

「悪口はやめてください。私にだって……普通じゃないことは分かってるんです」

「だったら……何故？」

「あの人が望むから……私は……」

「分かってるんなら遅くはない。もうやめろ、お前があんなことは……」

「ごめんなさい」

俊平の言葉を遮るように、朋華は頭を下げた。

それが俊平をひっぱたいたことに対する謝罪なのか、これ以上の話は聞きたくないという意思表示なのかは分からない。だが、少なくともこの件に関して、朋華が今すぐ結論が出せないであろうことは、俊平にも理解できた。

「……いいよ。今日はもう帰って、自分の部屋でゆっくり考えろ」

「はい……」

そう返事をすると、朋華はそれ以上なにも言わずに俊平の部屋から出ていった。

第四章　別れ話とストーカー

朋華と話をしてから数日が経った。

あの日以来、一度だけＭｉｎｋｅｓｔにいったが、さすがに朋華を指名する気にはなれず、どう結論が出たのか未だに聞いていない。

朋華からなにも言ってこないところをみると、まだ彼女自身も心の整理をつけかねているといったところだろうか。客観的にみれば別れて当然のような二人の間にも、色々と事情があるのかもしれない。

……結局、朋華の判断に任せるしかないしなぁ。

これ以上の介入は、さすがに俊平にもできなかった。多少、命令じみた忠告。それが俊平にできる精一杯のことだ。

「なんだか、今日は暗いですね？」

「え、まあ……ちょっと考え事があってね」

不意に声を掛けられ、俊平は思考を中断して顔を上げた。そこにはカップを磨く手を休めて俊平の顔を覗《のぞ》き込んでいるマスターの姿があった。

ここは俊平のマンションから歩いて十分ほどの場所にある喫茶店だ。昼は普通の喫茶店だが、夜はバーになる。

こぢんまりとした小さな店だが、雰囲気がよく、コーヒーが美味しい。数ヶ月前に何気なく立ち寄って以来、俊平は暇を見つけては通うようになった。マスターとも親しくなり、今ではすっかり常連の一人だ。

「考え事ねぇ……睦月さんが静かだと気味が悪いですね」

「……それ、どういう意味？」

「言葉通りの意味です」

マスターはしれっと答えた。

普段はどちらかといえば無口なマスターも、相手が常連だと冗談の一つも飛ばせるようになるらしい。もっとも、今のが冗談か本心かは判断がつきかねたが……。

「オレ……帰ろうかな」

「まあまあ」

座っていたカウンター・スツールから降りようとした俊平を、マスターが微笑を浮かべて引き止める。どうやら冗談だったようだ。

その時……。

カラン！と、音を立てて店のドアが開いた。

反射的にドアの方を見た俊平は、帰らないでよかった……と、心の底から思った。店に入ってきたのは女の子だ。それも……。

「いらっしゃいませ」

「マスター、アメリカンください」

女の子はそう言って、奥にあるテーブル席の方へ歩いていった。どうやら俊平には気付かなかったようだ。その姿をぼんやりと目で追っていた俊平の耳元で、マスターが小声で囁《ささや》くように言った。

「可愛い娘《こ》でしょう？　最近よく来てくれるんです。どうやら、うちのコーヒーを気に入ってくれたようでね」

「へえ……灯台もと暗しってやつかな。まさかこの店に来てたとは……」

「お知り合いですか？」

「ちょっとだけね。……あ、それあの娘のだろう？　オレが持っていくよ」

俊平はそう言うと、マスターがいれたばかりのアメリカンが載ったトレイを手に、スツールから降りた。

「変なことしないでくださいよ」

「しないってばっ」

俊平は憤慨したようにそう言い残すと、トレイを持ったまま女の子の座っている席へと近付いていった。女の子は雑誌を眺めているので、まだ俊平に気付いていない。

「お待たせしました」

「ありがとう」

声を掛けながらアメリカンをテーブルに置くと、それに反応して女の子は顔を上げた。

途端、彼女の顔は驚きの表情に変わった。

「あ……」

「また会ったね。友佳ちゃん」

俊平はそう言いながら、偶然にもやって来た友佳の確認を取らないうちから向かい側の椅子《いす》に腰を掛けた。

「え、……な、なんでここに？」

「それはオレが聞きたいよ。前に言ってたいい喫茶店って、ここのことなんだけど」

「そうだったの……。私も最近見つけて、よく通ってたんですよ」

友佳は眺めていた雑誌を閉じると、俊平に向けて笑みを浮かべた。どうやら追い払われてしまうことはないようだ。

「いい店だよね。ここ」

「そうですね。私にとって、唯一落ち着ける場所なんです」

「ふーん」

素直に相槌《あいづち》を打ったが、なんとなく意味深な言葉だ。普通、落ち着ける場所とかいうのは自分の部屋なのではないだろうか？

「友佳ちゃんが入ってきた時はびっくりしたよ。神様に感謝しちゃった」

「そうですよね。すごい偶然」

「いや、これは偶然じゃなくて運命って言うんだよ」

言葉にしてから、そういやキャンディに初めて会った時にも同じことを言ったな……と、俊平は少しだけ後悔した。運命の出会いが多すぎる。

「運命……ねぇ。俊平さんってロマンチストなんですね」

「そ、そう…？　ちょっとクサかったかなぁ……そんなこと初めて言われた」

「ふふふふ」

覚えてないのか、それともわざと違う反応を示したのか……。

だが、俊平は友佳が少しずつ打ち解けてくるのを感じていた。俊平に向けられる屈託のない表情がそれを物語っている。なんとなくいい雰囲気だった。

「俊平さんて、いつも暇そうですね。お仕事はなにをやってるんですか？」

「オレ？　サラリーマンだよ。普通の」

「ふーん、あんまりそういう風には見えませんね」

「スーツを着れば、一発でサラリーマンっぽくなるよ」

「あはは、じゃあ、今度はスーツの時に会いましょうか」

「そう？　カッコいいぜ。オレのスーツ姿」

とりとめのない話ばかりだったが、俊平は友佳との会話を充分に楽しんでいた。クルクルとよく変わる友佳の表情や、軽快な喋り方。どれもキャンディには無いものばかりだ。

……店を離れると、こうも違うものなのか。

キャンディとは別の魅力を持つ友佳に、俊平はますます好意を持った。

「うん……あ、そうだ。友佳ちゃん、約束の電話番号を教えてよ」

「え……？」

「前に言ってただろう？　また今度会えた時に教えてくれるって」

「ふふふ…そうでしたね。いいですよ」

友佳は持っていたカバンから携帯電話を取り出すと、なにやら操作を始めた。そして電話を俊平の方に向ける。

「はい、これです」

「やった」

電話のディスプレイには、十桁《けた》の番号が表示されている。俊平も自分の携帯電話を取り出すと、その番号を入力していった。

「で、住所は？」

「うーん、それは……」

どさくさに紛れて訊《き》いてみたが、さすがに友佳は首を捻った。

「また今度ね」

「うっ、またそれ？　今度はいつなんだよ」

「さあ……？　でも電話番号を知っていれば、会えるかも知れませんよ」

「そうだな。じゃあ、オレも番号を教えておくから暇だったらかけてよ」

そう言いながら、俊平は自分の部屋の電話番号と、携帯の番号を友佳に教えた。今度は逆に、友佳がその番号を携帯に入力していく。

「暇だったらね」

「別に暇じゃない時でもいいよ」

「ふふふ」

友佳は面白そうに笑った。

これで繋《つな》がりはできたのだから、焦る必要はない。その後、俊平は友佳との会話を楽しんだ。背後で心配そうに見つめているマスターが少し気にはなったが……。


朋華から、お兄ちゃんの部屋にいってもいいか……という電話が掛かってきたのは、その日のうちだった。

もちろん、俊平に異存はない。

そう答えると、朋華は夜遅くになってから俊平の部屋を訪れた。朋華は今日も仕事だったらしい。少し疲れたような表情を浮かべていたが、前回と同じように俊平のベッドの上に座ると、単刀直入に言った。

「あの人と別れることにしました。……もう、会いません」

「結論が出たのか？」

「お兄ちゃんとケンカしてから、考えたんです。色々と……」

「そうか……それで、いいのか？」

「……はい」

俊平が問うと、朋華は膝《ひざ》の上においた手でスカートの裾《すそ》をギュッと握りしめながら頷《うなず》いた。当たり前のように思えるが、朋華なりに悩んだ末の結論なのだろう。

「……じゃあ、オレはもうなにも言わないよ」

「お兄ちゃんに言われて、朋華は目が覚めました」

「…………………」

その言葉を聞いて、俊平は多少の後ろめたさを感じた。前の時は、朋華に分かって欲しいと気持ちもあったが、感情にまかせての行動であったことは否めないのだ。

「それで……ひとつ、お願いがあるんです」

「なんだ？」

「その……一緒に来て欲しいんです。あの人と、別れるっていうお話をする時に。……危なくなったら助けて欲しいんです」

「危なくなったら……って、そんな危険な奴なのか？」

まさかヤクザ関係の男だったのだろうか？　俊平が驚きの表情を浮かべると、朋華は慌てて否定するように首を振った。

「いえ、普通の人です。ただ……頭に血が上りやすいっていうか……」

「なるほど……だったら任せておけ。朋華のためだ。一緒にいくよ」

相手がその筋の男なら厄介《やっかい》だが、そうでないのなら俊平でも充分に護衛ぐらいは務められるだろう。相手が素直に別れ話を受け入れる場合だってあるのだし。

「ありがとう……頼れるのはお兄ちゃんだけです」

ホッとした表情を浮かべる朋華を見て、俊平はスッと身体を乗り出すと、前回は訊き損ねてしまった疑問を口にした。

「なあ……なんで、あの男と付き合ってたんだ？」

「それは……」

俊平の質問に、朋華は少し俯《うつむ》いたまま言った。

「私がこっちに来て、知り合いは誰もいなくて寂しく一人でお勉強しながら働いていた時、お店に来て優しくしてくれたんです。お話を聞いてくれたり……プレゼントしてくれたり」

「お前……それは下心だろう」

よくあるパターンと言えばそれまでだが、寂しい時に側《そば》にいてくれる人を求めるのは当たり前のことだ。朋華の場合は、その相手が悪かったのだろう。

「そうかもしれませんけど、でも嬉《うれ》しくて……。寂しい時とかも一緒にいてくれたし」

「…………………」

「それでなんとなく身体を許したら、どんどんエスカレートしていって……。あの人、ああいうのが趣味みたいで……」

「それであれか？」

「私はイヤだったんですけど……そうしないと怒られるし……」

「もういいよ。別れる決心をしたんなら」

俊平は片手を上げて朋華の言葉を遮った。自分で訊いておいてなんだが、それ以上は聞きたくなかった。朋華が今までどんなことを強要されていたのか、想像しただけでもあの男に対して憎悪の念が湧き起こってくる。

「今日は帰ってゆっくり休みな。細かいことはまた今度話そう」

「はい……」

朋華は素直に頷いてベッドから立ち上がった。

「あ……朋華」

「はい？」

「その……今度は、ちゃんといい男を見つけろよな」

俊平の言葉に、朋華は少し意外そうな表情を浮かべた。男と別れてぽっかりと空くであろう穴を、てっきり俊平が埋めてくれるものと思っていたに違いない。

無論、俊平も手伝いはするつもりでいたが、最終的にはちゃんとした男を見つける方が朋華のためだろう。

「お兄ちゃんがそう言うなら……そうします」

朋華は一瞬だけ悲しげな顔をしたが、すぐに思い直したように笑みを浮かべる。

「でも、すぐには無理だから、ちゃんとお店にも遊びに来てくださいね」

「ああ……そうするよ」

俊平はそう言って頷いたが、傷心の従妹を慰める方法がイメクラでのプレイだと思うと、なんとなく妙な気もした。


静かに開いたドアの先は、誰がみても分かるほど完全に再現された病室だった。

俊平は後ろ手でドアを閉めると、部屋の中心に置いてあるベッドに近寄った。狭い室内には、いかにも清潔そうな純白のシーツが掛けられたベッドが一つだけ。他には小さな丸イスや用途の分からないものがいくつか置かれていた。

……病室で患者がすることは一つしかないよな。

俊平は患者らしくベッドの上に横になり、毛布をかぶってしばらく待つことにした。朋華の望み通り、数日をおかずしてMinkestにやって来た俊平は、お勧めと言われた入院患者の設定を試してみることにした。

相手は無論Candyである。

俊平が患者ということは、当然Candyのコスチュームは……。

「失礼しまーす」

明るい声と共に、看護婦の姿をしたCandyが部屋に入ってきた。白い制服と明るい笑顔がとても似合っている。

「検診の時間ですよ。どうですか？」

「えっと……どうだろう？　よく分かんないや」

そもそも、なんの病気で入院しているのかも分からないのだから答えようがない。首を捻ると、Candyはそうですか……と、俊平の額に手を当ててきた。熱があるわけではなかったが、ひんやりとした手のひらが気持ちいい。

「うん……体温は平熱みたいですね。じゃあ、次にチン拍数を計りましょうか」

「……チン拍数？」

俊平の疑問に答えず、Candyはベッドの横に腰掛け、胸元から聴診器を取り出した。耳にセットすると、俊平のズボンに手を掛けて手際よく脱がせていく。

「か、看護婦さん？」

Ｃａｎｄｙは淡々した仕草で、聴診器を俊平のモノに当てた。

「いい感じに脈打ってますね」

「は、はあ……そんなところで脈って打ってるの？」

「はい。でも、これじゃ検査になりませんから」

Ｃａｎｄｙは自らの白衣のボタンを外し、抜けるように白い胸を露出させると、俊平の手を掴《つか》んで自分の乳房に押しつけた。

「うーん、だんだん速くなってきましたね」

「そりゃそうですよ……こんなことしてたら」

「では、そのまま揉《も》んでみてください」

「い、いいんですか？」

俊平は言われたとおり、思いっきりＣａｎｄｙの豊満な乳房を揉みしだいた。手のひらに収まりきらない乳房が様々に形を変える。

「んん……いい感じですね。脈が速くなってきました」

「脈って速かったらダメなんじゃ……？」

「大丈夫です。これが正常なんですよ。じゃあ、次にいつもの検精液をしましょうか」

「精液？」

俊平が問うと、Ｃａｎｄｙはにこやかな笑みを浮かべた。

「はい。検査しますので、ピュピュッ……とお願いします」

「ピュピュッ……って、どうやって出せっていうんですか？」

「それはもちろん、ここでマスターベーションをしてですよ」

当たり前じゃないですか、という顔をしてＣａｎｄｙは俊平を見た。

「ええっ⁉　ま、待ってくださいよ。看護婦さんの前で、そんなことできるわけないじゃないですか」

「平気ですよ。私は気にしませんから」

「オレが気にするんですっ、恥ずかしいじゃないですか」

「う～ん。じゃあ、こうしましょう」

Ｃａｎｄｙはベッドの上に乗ってくると、白衣のスカートを捲《めく》り上げて、いきなり下着を脱ぎ捨てた。すらりと伸びた脚の付け根に淫《みだ》らな陰部があらわになる。

「な、なにするんですか？」

「なにって……オカズです。私も一緒にオナニーしますから、それをオカズにしてください。それなら恥ずかしくないでしょう？」

「えっ……でも……」

戸惑う俊平の返事も聞かず、Ｃａｎｄｙは白衣からこぼれ落ちるように露出した自分の胸にそっと手で触れた。そのまま子供の頭でも撫《な》でるかのように、優しい手付きでゆっくりと丸い乳房を愛撫《あいぶ》していく。

「んっ……あっ……ああっ」

「か、看護婦さん……」

「さあ、あなたも早く」

俊平はＣａｎｄｙに促され、彼女の身体を正面にして座った。

Ｃａｎｄｙの痴態に、早くもペニスは固く屹立《きつりつ》している。その様子を満足そうに眺めると、Ｃａｎｄｙは両脚を限界まで大きく開き、腰を突き出すようにして、中央の淫らな部分にゆっくりと指を滑らせていった。

「んっ……ああっ……んふっ……」

俊平の目の前で、自ら熟れた身体を慰めながら甘い吐息を漏らすＣａｎｄｙ。指の腹で繰り返し擦《こす》りつけられる鮮やかな桃色の花びらに、大量の愛液が滴り始めている。

その光景に惹《ひ》かれ、俊平も右手を動かし始めた。

「んん……ど、どうですか？　イキそうですか？」

「もうちょっと待ってください……」

「もっと……刺激が欲しいですか？」

「刺激？」

「私がしてあげます。こうなったら、最後の手段を使いましょう」

Ｃａｎｄｙは俊平のペニスを左手で軽くつまむと、股間《こかん》に顔を寄せた。そして、赤く濡《ぬ》れた舌先を伸ばして亀頭の先端を撫でるように舐《な》め始めた。

「んっ……」

「どうですか？　これなら……イケそうじゃありませんか？」

「た、確かにこれなら……」

イケるどころか、すぐにでも暴発してしまいそうだ。Ｃａｎｄｙは大きく唇を開いて、ペニスを口いっぱいに飲み込んできた。亀頭の先が喉《のど》の奥にまでぶつかってもお構いなしに首を振ってくる。

「あむぅぅ……お……大きい……」

「そ、そんなに飲み込んで苦しくないですか？」

「大丈夫です……んん……」

Ｃａｎｄｙは更に激しくペニスに刺激を送り込んでくる。ざらついた舌が敏感な部分を的確に這《は》い回り、唾液《だえき》をたっぷりと絡めて吸い上げる。その巧みな舌使いに、俊平はたちまち上りつめていった。

「か、看護婦さん……出るよ……」

「ん……んぁ……イッてぇぇ……」

限界を悟ったＣａｎｄｙは、白い胸を持ち上げて、俊平のペニスをふくよかな両乳房に挟んで激しくしごき始めた。俊平はたまらず一気に終わった。白い液体が飛び散り、Ｃａｎｄｙの胸や顔を濡らしていく。

「んんぁ……ああ……」

Ｃａｎｄｙは自分に掛かった精子を伸ばすように身体に塗りつけながら、指ですくい取って舐めた。

「お疲れさま……結果が出ました」

「え……もう？」

「まったりとしていて、粘度も濃いし……肌触りもばっちりです」

飛び散った精子を受けたままの顔で、Ｃａｎｄｙはそう言ってにっこりと笑った。


Ｍｉｎｋｅｓｔを出ていつも利用する吉祥寺駅に着いた時には、すでに辺りは薄暗くなっていた。そろそろ秋も終わろうとしている季節なので、一ヶ月前と比べても、随分と日の暮れるのが早くなっている。

ネオンの灯り始めた商店街でいつものように本屋をひやかしたりしながら、アーケードを抜けて帰路についた。住宅街を抜けるあまり人気のない道を歩いて、マンションまで後数分という場所まで来た時。

「きゃああ」

突然、女の子の悲鳴らしき声が聞こえた。

「ん？」

「きゃ、離してっ」

俊平は咄嗟《とっさ》に声のした場所を探して辺りを走り回った。そして、路地から少し入った場所で、女の子とそれを後ろから抱きしめている男の姿を発見した。

「……っ！」

激しく揉み合う二人を見て、俊平は意外な取り合わせに少し驚いてしまった。

「やめてください。離してっ」

「頼むよ。結婚してくれ……僕と一緒になってくれよ」

……あれは友佳ちゃん？

男に襲われているのは友佳に間違いない。それに、男の方にも見覚えがあった。確か、以前に俊平のマンションの辺りをうろついていた男だ。

「二人きっりで楽しい時間を過ごして……デートしたのに」

「だから、それは……」

しばらく呆然《ぼうぜん》と二人の様子を見つめていた俊平は、ハッと我に返った。なんだか事情が

ありそうな様子だったが、友佳がいやがっているのは間違いない。

俊平は急いで二人に向かって駈け寄った。

「友佳ちゃんっ」

「え……あ、俊平さんっ、助けてっ」

「ん？　なんだ君は……？」

俊平に気付いた二人は、それぞれに違うリアクションを返してくる。声を掛けずにいきなり男を殴り倒してもよかったのだが、会話の断片からすると二人は顔見知りらしいので、さすがにそれはできなかった。

「し、俊平さんは……私の彼よ」

「なに……彼氏だと？」

友佳が意外なことを言い出した。咄嗟にはその意図を理解できなかったが、どうやら友佳はそう説明することで男を誤魔化《ごまか》そうとしているらしい。

「……本当なのか？」

男が俊平の方に顔を向けて問う。その質問に、俊平は慌てて肯定の言葉を口にした。

「そ、そうだ」

「……………………」

男はしばらく俊平を値踏みするように見つめていたが、やがて、ふんと鼻を鳴らした。

「そんなウソついたってすぐ分かるさ。彼氏じゃないだろ」

「こ、これからなるんだよ」

「さっさとどっかいけ。お前には関係ない」

男はそう言うと、友佳の両手を掴まえる。友佳はその拘束から逃れようと、激しく身体を揺すって抵抗した。

「イヤッ、離してっ！」

「……友佳ちゃんがイヤがってるだろう。お前こそどっかいっちまえよ」

俊平は沸き上がってくる怒りを抑えて静かに言った。できるだけ穏便にことを済ませようと思ったからだ。いくら人気がないとは言っても、ここは住宅街だ。他の人に見つかると面倒《めんどう》なことになるだろう。

「イヤがってなんかいない！　キャンディちゃんは不器用なだけなんだ。恥ずかしがり屋なだけなんだ。僕のことが好きなのに、恥ずかしがって言えないだけなんだ」

……バカが。

男の様子を見て、俊平はおおまかに事情を察することができた。おおかた、Ｍｉｎｋｅｓｔでキャンディの客だった男が、なにを勘違いしたのか相手も自分のことが好きだと妄想でもしたのだろう。

「そんなことあるはずないだろう。彼女を離してここから消えろ！　そして金輪際、彼女の近くに来るんじゃねえ」

　俊平が精一杯ドスを利かせた声に、男はなんの感銘も恐怖も感じなかったらしい。常軌を逸した顔付きで、ひたすら友佳を見つめ続けている。

「これからずーっと一緒だ。僕は来週、仕事でチリのサンディエゴにいくんだ。十年間は戻ってこられない」

　……それはまた、随分遠いところだな。

　サンディエゴがどこにあるのか詳しくは知らないが、チリという国が地球の反対側にあることだけは知っている。どうやら、男はそんな遠い場所へ転勤させられるようだ。

　だからといって、この男に同情するつもりは欠片もなかったが……。

「けど、結婚すれば彼女連れていけるんだ。ずっと一緒にいられるんだ。キャンディちゃんもそう望んでいる」

「嘘《うそ》よっ！　私、そんなこと望んでないっ」

「……だとさ」

　俊平は熱を持った手のひらをギュッと握りしめた。こんな男にいつまでも付き合ってはいられない。話しても通じる相手ではなさそうだ。

「そんなことはないっ、キャンディちゃんは不器用なだけなんだ！　さあ……いくよ」

「イヤッ！」

男はなにを言っても聞く耳を持たぬかのように、友佳の腕を強引に引っ張った。その様子を見て、俊平は我慢の限界点に達した。

「ふざけてるんじゃねえよっ、頭を冷やしやがれ！」

俊平は男に近付くと、拳《こぶし》で殴りつけた。

「うわっ」

まったくの無防備だったため、男は俊平の一撃で地べたに這いつくばった。口の中を切ったのか、唇の端からは一筋の血が流れ落ちた。

「あ……ううっ」

「もう、彼女に近寄るんじゃねえぞ。今度近付いたら、ただでは済まさないからな」

男は返事をすることもできず、顎《あご》を抱えて道路の真ん中でもがいていた。

不意に、遠くからサイレンの音が聞こえてくる。今のやりとりを聞いていた誰かが警察に通報したのかもしれない。

「やば……逃げよ」

俊平は反射的に友佳の腕を掴んで、その場から逃げるように走った。別に悪いことをしたつもりはなかったが、なんとなくこの場にはいたくなかったからだ。

少し走って俊平のマンションの前まで来る頃には、サイレンの音は聞こえなくなっていた。あのサイレンは別の場所へ向かっていたのだろうか？

俊平達は大きく肩を揺らして呼吸を整えた。

「はあ……は、ははは」

「くすっ……ふふふ……ははは」

なんとなく二人の間に笑いが込み上げてきた。子供の頃、悪戯《いたずら》が見つかって逃げてきた時と同じような感覚だった。

「ははは……ん、あれ？」

痛みを感じて自分の手を見ると、手の甲の皮が剥《は》げて血が滲《にじ》んでいる。夢中で気が付かなかったが、あの男を殴り倒したときにできた傷らしい。

「え……どうしたの？　大丈夫？」

「大丈夫だよ、手の皮がめくれただけだから」

「でも血が出てる……手当しなきゃ」

「こんなのは、舐めとけば治るよ」

俊平はそう言って傷を舐める仕草をしたが、その手を友佳が掴んだ。

「ダメよっ、私の家で手当しよう」

「え……でも……」

「だって、私のために怪我しちゃったんだもん。それに助けてくれたし……手当させて」

「あ、ああ……分かったよ」

俊平が頷くと、友佳は手を握ったまま、目の前のマンションに入ろうとした。

「え？」

「いきましょう。私、ここのマンションに住んでるの」

「えっ……じゃあ」

友佳がこのマンションに住んでいることを知って、俊平は断片的な記憶が一本に繋がったような気がした。一度だけ聞いた声、誠意のこもった挨拶《あいさつ》、そして……以前、部屋の前に置かれていた赤いバラの花束は、おそらくあの男が持ってきたものだったのだろう。そうすれば、あの男をマンション付近で見掛けたのも頷ける。

「もしかして……301号室？」

「なんで私の部屋番号知ってるの？」

目を丸くして驚く友佳に、俊平は自分を指さした。

「オレ……302号室」

「うそ……」

友佳はしばらくの間、唖然《あぜん》としたまま俊平とマンションを見比べた。

そう言えば、引っ越しの挨拶状にはちゃんと「水無月」と書かれていたはずだ。迂闊《うかつ》なことに、友佳が隣に住んでいながら、今日までまったく気付かなかったのだ。

それはどうやら友佳も同じらしい。

「ふふふ……いきましょう。私の部屋で手当するから」

意外な事実を知って、友佳は苦笑しながら俊平を促した。


同じ間取りであるはずなのに、友佳の部屋は俊平の部屋とは大違いであった。いくら俊平の部屋が綺麗《きれい》にしてあるといっても、やはり女の子の部屋には敵わない。壁一枚を隔てただけとは思えないほどの別世界だ。すべてがきちんと片付けられて整然としていたし、部屋中にいい匂《にお》いが充満している。

友佳は部屋に上がるように言ってくれたが、さすがに俊平は遠慮した。一人暮らしの女の子の部屋に入るのは、どうも気が引けてしまう。

救急箱を持ってくると、友佳は玄関で俊平の傷に包帯を巻いてくれた。

「友佳ちゃん」

「なに？」

「あの男……やっぱり、Ｍｉｎｋｅｓｔの客だったの？」

「………………」

不意に友佳の手が止まった。

「今更隠したってしょうがないよ。友佳ちゃんがキャンディだってこと」

「そうだけど……なにか……」

「言いたくなかったの？　プライベートと仕事は別ってこと？」

「はっきりそうしていたわけじゃないけど」

と、友佳は言葉を濁らせた。

俊平も、なんとなく友佳とキャンディを区別して付き合っていた。別にそう意識していたわけではなかったが、キャンディの延長線上の友佳……と、いう付き合い方をしたくなかったのかもしれない。

「手当するのうまいね」

敢えてそれ以上の詮索《せんさく》はせずに、俊平は気分を変えるように明るい声で言った。

「ありがとう」

「なあ……ずっとあの男に、ストーカーみたいなことをされていたんだろう？」

「うん。かなり前からしつこく言い寄ってきてたんだけど、引っ越ししたら諦《あきら》めてくれるかと思って……。でも、すぐに見つかっちゃったみたい」

……なるほど。

友佳がこのマンションに越してきたのも、あの男から逃げるためだったらしい。思えば俊平が初めて外で友佳を見つけて声を掛けた時の驚きようは、あの男に見つかったのではないかという恐怖感からだったのだろう。

「……あいつ、どうなったかな？」

「…………………」

「まあ、いいか。ろくでもない奴だったし」

「そうだね……気にしない気にしない」

友佳はそう言って笑顔を浮かべたが、やはり気にはなるのだろう、すぐに沈んだ表情に戻ってしまった。独善的だったとはいえ、あの男は本気でキャンディのことが好きだったのだろうから。

「できたわよ」

「ああ、ありがとう」

「こちらこそ、危ないところを助けてくれてありがとう」

「…………………」

目の前にキャンディがいる。

友佳と同一人物だと最初から分かっていた。分かっていながら、俊平は二人を別人として扱ってきたのだ。しかし、これで二人は完全に同一の人物となってしまった。

このあと……どうすればいいのだろう。どうやって、友佳とキャンディの二人と付き合っていけばいいのだろうか。

もしかしたら、キャンディとは今までのように楽しめなくなるのではないだろうか？

「俊平さん……どうしたの？」

「いや……じゃあ、オレは部屋に戻るよ。また、あいつがやってきたら電話して。隣だからすぐに飛んでくるよ」

「うん、ありがとう」

俊平は複雑な心中を隠して軽く手を振ると、友佳の笑顔に見送られて部屋を出た。

第五章　クリスマスと友佳の過去

いつの間にか季節が秋から冬に変わり、気付いてみると今年も残すところあとわずか。この時期になると、街は次第にクリスマスカラーに塗り替えられていく。繁華街では活気を促すようなクリスマスソングが鳴り響き、自然と心をウキウキとさせる。

クリスマスイヴの当日。駅前に立って時計を眺めている俊平のウキウキさは、単にクリスマスを迎えただけではなかった。

「まだかなぁ」

俊平はめずらしく、約束の時間よりも早く待ち合わせ場所に来ていた。

久しぶりに胸躍るクリスマスを迎えようとして、待ち合わせの時間が待ち切れなかったのである。

今日は友佳と食事をすることになっていた。

最初、クリスマスのディナーへと誘った時、友佳はあまり乗り気ではなかった。それでも俊平がねばり強く誘い続けると、この前ストーカー男から助けてもらったことでもあるし……と、友佳は承知したのだ。

理由はどうあれ、俊平はようやく友佳を誘い出すことに成功したのである。

しかし……。

約束の時間を過ぎても友佳はやって来なかった。

「もう、二十分過ぎたか……」

……もしかしてすっぽかされたかな？

俊平の頭に一抹の不安がよぎったが、だからといって帰るつもりはない。友佳は来ると言ったのだ。彼女を信じて、一時間でも二時間でも待つ覚悟はできている。

そして、もう十分が過ぎた頃。

「あ、いた……ごめんなさい」

人込みの中から友佳が姿を現した。俊平の姿を見つけると、小走りで駆け寄ってくる。

「遅くなってごめんなさい。ちょっと準備に手間取っちゃって……」

「ん……いいよ、気にしなくても。オレも今来たところだし」

「え、本当に？」

友佳は意外そうに俊平を見た。

現時点で約束の時間より三十分以上も過ぎているのだ。

「オレってさ、時間にルーズだから……」

「でも、ほっぺ真っ赤だよ」

俊平は思わず自分の両頬《りょうほお》に手をあてた。早く来すぎた時間を加えると、一時間近くここに立っていたのだから当然のことだ。

「ふふふ……ありがとう。俊平さんて優しいね」

その姿を見て、友佳は目を細めて笑みを浮かべた。

「友佳ちゃん、今日は綺麗《きれい》だね」

「ああ……ありがとう」

「見違えて見えるよ」

俊平は本心から言った。普段のラフな姿ばかり見ていたので、グレーのシックなスーツに身を包んだ友佳はいつもよりもぐっと大人びた感じがする。

「うーん、なんかそう言われると、普段がダメみたいじゃない？」

「普段も綺麗だけど、今日は一段と綺麗だってことさ」

「そう……？　どの辺が綺麗？」

「えっと……顔も髪型もなにもかもさ。今日の友佳ちゃんは、オレが今まで見てきた中で一番綺麗だよ」

「ありがとう」

友佳は少し照れたように笑った。無理矢理に誘い出した形になったので心配したが、友佳はいつも以上に明るく浮かれているように感じられた。

単にクリスマスの雰囲気に乗せられているのだろうか。

それとも……。

「え……ここ？」

俊平は友佳を連れていつもの喫茶店にやってきた。食事をしようと誘っただけに、友佳は店を見て意外そうな表情を浮かべる。

「今日はクリスマス用のメニューを出しているんだよ」

「へえ……」

「場所は変わり映えしないけど、多分満足してくれると思うよ」

俊平はそう言って友佳を店内へと誘う。クリスマス風に飾り付けられた店内では、すでに数組のカップルが席についてディナーを楽しんでいた。

迎えてくれたマスターは俊平達の姿を見ると、少しだけ意外そうな顔をしたが、なにも言わずに席へと案内してくれる。予約を入れた俊平が、まさか友佳を伴ってくるとは思わなかったのだろう。

テーブルに着いた俊平達のグラスに赤ワインを注いだ後、

「よかったですね」

必死になって友佳を口説いた経緯を知っているマスターは、俊平の耳元でそう囁《ささや》くと片目をつぶって見せた。そんなマスターに、俊平はにやりと笑い返すと、ワイングラスを持ち上げた。

「じゃあ……メリークリスマス」

「メリークリスマス」

俊平がグラスを持ち上げると、友佳も同じようにグラスを手にした。

チン！

二つのグラスが軽やかな音を立てる。

「わあ……とっても美味しい。これってマスターが作ってるの？」

次々と運ばれてくる料理に友佳は感嘆の声を上げた。普段が喫茶店とは思えないほどの豪華な料理だ。

「違うよ。奥に料理専門の人がいるんだ。いつも奥にいて出てこないから、オレも会ったことがないけどね」

「そうなんだ。これ……なにかなぁ？」

「ああ、それはフォアグラだよ」

「へえ……これがそうなんだ。初めて見た。俊平さんは以前に食べたことがあるの？」

「一回だけ。会社の接待で上司に連れられてね」

いいなぁ……と友佳は羨ましそうに言ったが、上司と取引先の重役が一緒の会食だったので、俊平は緊張して味などほとんど覚えていなかった。

やはり、料理を味わうには落ち着いた場所と相手が必要なのだろう。

「じゃあ、これはなに？」

次に運ばれてきた料理を見て、友佳は今度も俊平に訊《き》いた。

「合鴨《あいがも》のスモーク」

「へえ……よく知ってるわね」

「だって、ここのメニューに書いてあるよ」

「あ、ズルイ、そんなの見てる。……でも、これ本当に鴨？」

友佳はフォークで料理をつつきながら首を捻った。皿に載っているのは、どう見ても野菜を使った前菜としか思えない。

「あ、違った。合鴨のスモークは次だ」

うっかりメニューを一つ読み違えてしまった。そのことを知った友佳は、見間違えないでよ、と楽しそうに笑った。

これほど屈託のない笑顔を見るのは初めてだ。俊平は、友佳のその笑顔を見ているだけで楽しくなった。料理を楽しみながら、俊平は誘ってよかったとしみじみ思った。

「今度はなにかしら？」

「そろそろデザートかな？」

「本当？　なんだか俊平さんの言うこと信じられなくなってきちゃった」

「本当だって。賭《か》けてもいいよ」

「なにを賭ける？」

「そうだな……」

俊平は少し考えてから、

「オレの愛情。オレが負けたら、友佳ちゃんにオレの愛情を全部あげよう」

「ええ、そんなのいらない」

一言で拒否されて、俊平はガックリしてしまった。

「ああ、ひでえ。そんなこと言わずに半分ぐらいもらってくれてもいいのに」

「じゃあ、半分ね」

「それって浮気ＯＫってこと？」

「へえ、俊平さんって浮気するんだ。そういう人なんだ」

友佳は口をへの字に曲げて俊平を見つめた。冗談だとは分かっていても、友佳にそんな顔を向けられると居たたまれない気持ちになってくる。

「そういうわけじゃないけど……」

俊平はモゴモゴと口ごもった。

「ふふふ」

「なんか絡むなぁ……もしかして酔ってる？」

「うん、ちょっと酔ってる。ふわ～んとして気持ちいいの」

そう言えばワインはすでに二本目だ。俊平もそんなに弱い方ではなかったが、楽しい雰囲気につられて、今日はずいぶんと飲んでいるような気がする。

もっとも、途中からセーブして飲んでいるので、友佳よりも先に酔いつぶれてしまうという醜態は見せずに済みそうだ。

こんな日に酔いつぶれてしまっては目も当てられない。

「ねえねえ、デザートってなに？」

「えっと……確かミルフィーユだったと思ったけど」

俊平はメニューの一番下を見て確認した。さっきチラリと見た記憶は正しく、そこには間違いなくミルフィーユと書かれている。

「本当？　やったぁ、ミルフィーユ大好きなの」

やがて運ばれてきたデザートを、友佳はフォークを持つと美味しそうに食べ始めた。

「ううん、とっても美味しい。幸せ～」

「本当に幸せそうに食べるねぇ」

「うん、やっぱり好きな物を食べてる時が一番幸せかな」

「彼氏とかといる時じゃなくて？」

俊平は少し意外な気がして問い返した。

「う～ん。それは私の場合、幸せじゃなくて一番楽しい時かな？　でも……たぶん、その後、だんだんと幸せに変わって来るんだと思う」

「はあ……そんなもんですか」

「そんなもんです」

友佳はそう言って笑うと、一欠片のミルフィーユを口の中に入れた。

……楽しい時間は早く過ぎていく。

俊平は今、それをしみじみと感じていた。


俊平は店を出ると、友佳を近くにある公園に誘った。

クリスマス用にライトアップされた池のほとりには、俊平達以外にも、たくさんのカップルが肩を寄せながら歩いている。少し寒いのは問題だが、雰囲気はいいし酔い覚ましにはぴったりの場所だった。

「ごちそうさま。とっても美味しかった」

「気に入ってくれてよかったよ」

一流ホテルのディナーではなく、いつもの店を選んだことに不安を感じていた俊平は、友佳の言葉にホッと胸を撫《な》で下ろした。

「うん、とっても気に入った。……私、クリスマスイヴに、ああいう食事をしたのは初めてだったの」

「……実はオレもだよ」

俊平は正直に言った。今まで付き合った女性がいないわけではなかったが、何故かクリスマスを一緒に過ごす機会に恵まれなかったのだ。

「ふふふ……お互いに異性に関してはダメみたいね」

「そうだな」

俊平は苦笑いすると、上着のポケットの中を探った。

「友佳ちゃん、あの……これ」

「え？」

「サンタさんのおみやげ」

そう言って、俊平は友佳の前にリボンで装飾された小さな包みを差し出した。

それがクリスマスプレゼントであることを知った友佳は、そっと両手で受け取ると、目を細めて笑みを浮かべた。

「ふふふ、ありがとう。サンタさん」

「どういたしまして」

「なんだろ……開けていい？」

俊平が頷《うなず》くと、友佳は包みを開けて、中から蝶を形取った銀色のネックレスを取り出した。友佳と待ち合わせる前、プレゼントのことを忘れていた俊平が、慌てて駅近くの宝飾店で買ってきたものだった。

「わぁ……可愛い」

友佳はそっとそのネックレスを身につけた。我ながらいいセンスじゃないか……と、公言したくなるほど、それは友佳によく似合っていた。

「ありがとう。……いいの？　もらっても」

「もちろん、気に入ってくれた？」

「うん、とっても。……ねえ、俊平さん。目をつぶって」

「ん……こう？」

俊平は言われた通りに目を閉じた。コツコツと友佳の靴音が聞こえて、俊平の前で止まった途端、

「私からの……クリスマスプレゼント」

友佳の言葉と同時に、温かいなにかが唇に触れた。

思わず目を開くと、すぐそこに目を閉じた友佳の顔があった。柔らかい唇の感触が、まるで全身を包むかのように伝わってくる。

ほんの数秒のキスだったが、俊平は彼女の本当の心に

触れたような気がした。

「ねえ……俊平さん」

唇を離すと、友佳は俯《うつむ》いて小さく囁いた。

「ん？」

「あの……友佳と会うのは……これで最後にして欲しいの」

「……え？」

どうやって自分が本気だと伝えようか考えていた俊平は、友佳の意外な言葉に凍りついてしまった。

今までの雰囲気から、ここで告白してもなんの問題もないと思っていたのに……。

「そ、そんな……オレがなにか悪いことでもした？」

「そうじゃないけど……もう、友佳とは会わないで」

「ど、どういうことだよ!?」

冗談などではなさそうだ。それは友佳の思い詰めたような表情から分かる。だが、なんでここまで来て、急にこんなことを言い出すのだろう？

ついさっきまでの様子からは、とても信じられない。

「じゃあ、さようなら」

「ちょっと待って……なんで？」

問いかける俊平を無視して、友佳は公園を走り抜けると、クリスマスでごった返す街の人込みの中へ消えていった。

「………………」

俊平は友佳を追い掛ける余裕もなく、天国から地獄へと突き落とされたような気分を身体全体で感じていた。

「フラれたのか……？　でも……」

先ほどのキスは、さようならの意味だったのだろうか？

俊平は唇に残る感触を確かめながら、呆然《ぼうぜん》とその場に立ちつくしていた。


悪夢のようなクリスマスから二日後。

俊平は朋華と一緒に街を歩いていた。例の男と別れ話をするので、以前約束したように、一緒に来て欲しいという電話を受け取ったからだ。

友佳の理不尽な態度に頭を抱え込んでいた俊平は、はっきり言ってそれどころではない状態だったが、かと言って朋華を放っておくわけにもいかない。

仕方なく同行することになったのだが……。

道中、朋華はほとんど口を利かなかった。どんな形にせよ、長いあいだ付き合った男に別れを……それも一方的に告げるのだ。

多分、そのことで頭がいっぱいなのだろう。

「男の待ち合わせの場所って、ここか？」

「はい……」

朋華が男と待ち合わせた場所というのは、駅からしばらく歩いた場所であった。最初は薄暗くて気付かなかったが、ここは先日に友佳と一緒に来た公園だった。

俊平にとってはあまり愉快な場所ではない。

……この公園で別れ話をするのが流行《はや》っているのだろうか？

皮肉な偶然に、俊平は思わず苦笑してしまった。

男はまだ来ていないようだが、朋華は少し緊張したような表情を浮かべている。そのためか、俊平の様子がいつもと違っていることには少しも気付いていないようであった。

……まあ、その方が助かるけどな。

いくら朋華にでも、あまり情けない今の様子を知られたくはなかった。

「じゃあ、オレはここで見てるからな」

朋華が指定したという場所から二十メートルほど離れた所に、意味の分からないオブジェが置かれている。俊平はそこに陣取って様子を伺うことにした。

「はい、お願いします」

頑張れ……というのもなんとなくおかしな気がして、俊平は無言で朋華の肩を叩《たた》いて見送った。朋華は俊平に向けて微笑《ほほえ》むと、表情を引き締めて、待ち合わせの場所へと歩いていった。

フラれたばかりの俊平が、今度は男と別れようとする朋華を見守る。妙な巡り合わせだ……と、俊平はオブジェにもたれながら考えた。

そして、数分後……。

離れた場所にあるベンチに座っていた朋華に誰かが近付いてきた。

どうやら例の男がやって来たらしい。俊平は男に気付かれないように、少しだけ近寄ってみた。

男はなれなれしい態度で朋華の肩に手を掛けている。

「どうしたんだ、急に呼び出して」

「あの……」

「欲しくなったのか？」

「あの……そうじゃなくて……」

「違うのか？　じゃあなんだ？　金か？」

「…………………」

俊平は公園の植え込みに潜みながら、ずっと二人のやりとりを見つめていた。はっきりと声が聞こえない上に、なかなか言い出せない様子の朋華を見ていると、なんだかイライラとしてくる。

男がずっとなにかを話し掛けているが、朋華は俯いたままだ。

……なにやってるんだ、さっさと言っちまえよ。

焦《じ》れったくて飛び出していきたい気分だったが、ここで出ていって、俊平が男と話しても無駄だろう。朋華が自分で告げなければならないのだ。

そんな時。

「あの……もう、あなたとはおつきあいできません」

朋華が大きな声で宣言するように言った。

「ん……なんだって？」

「だから、もう……お会いできません。お別れです」

男はしばらく呆然としていたが、やがてその言葉がなにを意味しているのかを知って、狼狽《ろうばい》するように朋華に迫った。

「ど、どうしてだ？　新しい男でもできたのか？　それとも僕に飽きたのか？」

「そういうんじゃないです。ただ……こういうのをもうやめにしたいんです」

「何故だ？　僕と君は趣味が合ってるじゃないか。身体も……」

「……………………」

男は必死になって宥めようとするが、朋華は無言で首を振っている。周りをはばかって小声での応酬が繰り返されたが、やがて男が話し合いに焦れたように朋華の腕を掴《つか》んだ。

「よし、これから僕のよさを思い知らせてやる。お前に合うのは僕だけだ」

「は、離してくださいっ」

「そうだ……ここで……」

「え？」

「ここでお前を犯してやる。お前の本性をみんなに見せつけるんだ」

「や、やめてくださいっ」

朋華の顔色が変わった。男が本気だということを察したのだろう。慌てて男の手から逃れようとしたが、逆に服を掴まれ引き寄せられてしまう。

……ヤバイッ！

男が実力行使に出たのは明白だ。そう思った瞬間には、俊平は自分でも気付かぬうちに植え込みの陰から飛び出していた。

「見られるのが快感だって言ってたじゃないか」

「そ、それは……あなたが強要するから……ヤダッ、こんなところで……」

「たくさんの人に……ん？」

男が走り寄ってくる俊平に気付いて顔を上げた。友佳を襲っていたストーカーの時とは状況が違うので、俊平は男に駆け寄ると有無を言わさず殴り倒した。

「がっ……」

男は一撃で公園に転がった。加速をつけた拳《こぶし》を顔面に叩き込んだのだから、ダメージが少なかろうはずがない。だが朋華に対する執念が苦痛を上回るのか、男はフラフラと立ち上がると俊平を睨《にら》み付けた。

「だ、誰だ……お前は？　いきなり殴るなんて……」

立ち上がった男から逃れるようにして、朋華が俊平の背後に回った。その姿を見て、男はある程度のことを察したように眉根《まゆね》を寄せた。

「お前……もしかしてｃａｎｄｙの新しい男か？　だから……」

「お前はもう用なしだ」

「お兄ちゃん……」

背後にいた朋華が、身を乗り出そうとする俊平の服を掴んで引き止めた。これ以上は殴らないで……という朋華の無言の願い。いくら別れることにしたとしても、今まで付き合っていた男が無惨な姿になるのは耐えられないのだろう。

「くそぉ……お前が僕からＣａｎｄｙを……」

「分かったなら、オレの前からさっさと消えな。それとも、もう一度殴られたいか？」

「なんだとーっ、このぉ」

男は果敢にも再び挑んできた。

相手が襲ってくる以上、俊平も応戦せざるを得ない。明華の無言の制止を振り切ると、俊平はもう一度男を殴り倒した。

腕力は俊平の方が上だったらしい。男は顔面に正拳突きをくらうと、フラフラと後退して尻餅をつくように腰から崩れ落ちると、バッタリとその場に倒れた。

「明華のことは諦《あきら》めろ」

「チクショウッ……チクショウッ！」

俊平の言葉に、男は手足を動かして地面の上でのたうち回った。哀れな姿ではあるが、これが夢と現実の区別が付かなくなった男の末路だ。

男は明華をＣａｎｄｙと呼び続けていた。

単なる愛称のつもりかも知れなかったが、Ｃａｎｄｙという女の子はＭｉｎｋｅｓｔの中にしか存在しないのだ。俊平の背後で複雑な表情を浮かべて男を見つめているのは、Ｃａｎｄｙではなく明華なのである。

友佳を執拗《しつよう》に追い回していたストーカー男もそうだが、現実世界での疲れを癒《いや》す夢の存在に執着してしまった結果がこれだ。

……救われないな。

俊平は明華の肩を抱いて、その場から離れた。

男の姿は、一つ間違えれば俊平の未来の姿にもなりうるのだ。そんな嫌悪感を感じて、俊平は一刻も早くこの場から立ち去りたかった。

キャンディと友佳。

……オレはどちらの女の子を好きになったのだろう？


年が明けてからは、しばらく悶々《もんもん》とした日々が続いた。

Ｍｉｎｋｅｓｔにいけば、キャンディはいつもと変わらぬ様子で俊平を迎えてくれたが、肝心なことになると貝のように押し黙ってしまう。そのことはキャンディとはなんの関係もないのだと言わんばかりに。

ならば……と、電話を掛けても直接部屋に出向いても無駄だった。友佳は俊平と会ってくれようとはしなかったのだ。

……仕方がない、最後の手段を使うか。

あまり気は進まなかったが、俊平はＭｉｎｋｅｓｔの前で目立たぬようにキャンディが仕事を終えるのを待ち続けた。

やがて帰宅するために出て来たキャンディ……友佳の後をつけて、彼女と話しやすそうな場所に来た時、初めて声を掛けた。

そこは、またしてもあの公園の近くであった。

「……なに？　もう会わないって言ったのに」

突然現れた俊平に友佳は驚いたような表情を浮かべたが、すぐにそれは冷ややかなものへと変わっていく。

無視して立ち去られないだけマシというものだろう。

「偶然に会うのもダメなのか？」

「本当に偶然？」

友佳は眉根を寄せて俊平を見つめた。

すでに午前十二時過ぎである。偶然に出会う時間としては不自然きわまりない。

「ゴメン……実は店からつけてきた」

「そうやって、あなたも……ストーカーになっていくのかな？」

素直に白状した俊平に、友佳は悲しげな顔をした。

やっている行為は同じなので、この件に関して弁解の余地はない。

だが、そうせざるを得なかった状況を作り出した友佳に対して、俊平は憤りを感じずにはいられなかった。

「なるわけないだろうっ！　けど、いきなり、もう会えない……なんて言われて、はいそうですかって納得できるはずないだろう」

「…………………」

「せめて、理由ぐらい聞かせてもらってもいいんじゃないか？」

俊平の言葉にしばらく躊躇《とまど》った末、友佳は公園の中へと誘った。多分、話を聞かせてくれる気になったのだろう。俊平は無言で従った。

前回、一方的に別れ話を告げられた池のほとりにあるベンチまで来ると、友佳はそっと腰を降ろした。俊平もその隣に座って、友佳が口を開くのをジッと待った。

しばらくした後、

「……この街に来る前に付き合っていた人がいたの」

と、友佳は静かに話し始めた。

「…………………」

「その人、あなたと同じように店のお客さんだった。同じように偶然に店の外で出会って、キャンディと……ううん、友佳と仲良くなっていったの」

「…………………」

「あなたと会っていくうちに、その人のことを思い出したわ。……だから、なんだか過去をなぞっているようでイヤだったの。また同じになるって」

「なんで過去をなぞるのがイヤだったんだ？」

黙って話を聞いていようと思っていたのだが、俊平は思わず口を挟んでしまった。前の男と比べられることを、無意識のうちに拒絶したのかもしれない。

「前に付き合っていた人と、なにかイヤな思い出でもあるのか？　……それともイヤなやつだったとか？」

「ううん、いい人だった。……あなたと同じように」

「だったらなんで？」

「その人……死んだの」

俊平の質問に、友佳は過去の傷を吐き出すかのように悲痛な声で言った。

「交通事故で……まだ付き合って間もない頃に」

「……だから、だからオレも死ぬっていうのか？」

「……………………」

「そんなこと、あるはずないじゃないか」

友佳にとっては不吉な符合かもしれないが、俊平には馬鹿馬鹿しいとさえ思える話だ。

確かに、前に付き合っていた人と友佳にとっては不幸な出来事だが、そんな理由でフラれることに俊平は納得できなかった。

「でも……同じようなことをしていると、そうなりそうな気がして不安なの。もう一年以上も経ってるから、吹っ切れたのかなって思ったけど……ダメなの」

「友佳ちゃん」

過去に縛られてしまっている友佳を翻意させるのは難しそうだが、だからといって諦めることなどできない。

嫌われているわけではないと分かったのだ。

「あなたと会っていると辛《つら》くて……だから、ごめんなさい」

どう言って説得しようか考えていた俊平に、友佳はそれだけを一気に言うとベンチから立ち上がって公園を飛び出していった。

「ちょっと、友佳ちゃん」

俊平は慌ててその後を追い掛ける。

このまま別れてしまったら、友佳はこれからも過去を引きずったまま生きていくことになるのだ。それでは友佳も、俊平も救われない。

公園を出ると大きな車道に面していたが、友佳はすでに向こう側にある歩道まで渡ってしまっていた。俊平はその姿を追って、ガードレールを飛び越えた。

その瞬間。

けたたましいクラクションとブレーキの音が交錯する。俊平の視界は、迫り来る車を捕らえた後、激しく回転して真っ暗になっていった。

「……や、やだ……俊平さんっ！」

音に気付いた友佳が慌てて引き返して来た。車道に転がったままの俊平に駆け寄ると、その肩を掴んで大きく揺さぶった。

「大丈夫⁉　しっかりしてぇ」

「うっ……いててて……」

俊平は頭を振って身体を起こした。

反射的に身体を引いて、車と接触するのを回避したのだ。バランスを崩して車道へ転がり出てしまったが、どうやらかすり傷程度で済んだようだ。

夜中で車の往来が少なく、後続車がなかったことも幸いだった。俊平と接触しそうになった車の運転手は、離れた場所に停車して様子を伺っていたが、俊平が無事なことを知って、飛び出すな馬鹿野郎、と捨て台詞を残して走り去っていった。

「ああ……」

友佳は瞳に涙を浮かべながら、俊平の肩にすがって安堵《あんど》の声を漏らした。

「少し痛かったけど、大丈夫。死んでないよ」

「よかった……本当によかった……」

「オレは死なないよ。だって……オレは君が……」

「それ以上は言わないで。……お願い」

友佳は指で俊平の唇を押さえた。だが、この機会を逃せば自分の想いを伝えることができなくなってしまう。

「いや、言わせてくれ。オレは友佳が好きだ。オレと……付き合ってくれ」

俊平は友佳の手を掴んで引き離すと一気に言った。多少、強引ではあったが、それは俊平の偽らざる本心であった。

「…………」

「友佳ちゃん。確かにどんな形であれ終わりが来るのは怖いさ。でも、その間に楽しいこともたくさんあるよ。今が一番幸せだって思える時もたくさんあるよ。だから……」

自分の気持ちを上手く言葉にできないのが歯痒《はがゆ》かった。どれだけ言葉を尽くしても表現できない想いが、俊平の中から溢《あふ》れ出そうとしていた。

「だから、過去なんか気にしないで今を大事にしなきゃ」

最後には月並みな言葉しか口にすることができなかったが、その想いだけは充分に友佳に伝わったはずだ。友佳はしばらく無言のまま俯いていた。

やがて……。

「返事……もうちょっと待って。……もう少し考えさせて」

「……分かった」

俊平にできるのはここまでだった。まだ足りないような気がしたが、自分の気持ちを伝えてしまった後は、友佳の判断を待つしかない。

俊平は自分の言葉が、友佳の心を動かしてくれることを期待するしかなかった。

第六章　友佳とキャンディ

「キャンディさんが、今日の七時にMinkestの前で待ってて欲しいって」

そう電話で伝えてきたのは朋華だった。

俊平の命懸けの告白から、すでに一週間が過ぎ去っている。その返事を待ち続けた俊平としては、ようやく……という感じだったが、同時に疑問も湧き起こってくる。

何故、直接ではなく、朋華を介して伝えてくるのだ?

あれ以来、俊平はMinkestにいっていなかったので、キャンディとも友佳とも顔を合わせていない。だが、隣に住んでいるのだから、わざわざそんな面倒《めんどう》な手を使わなくても済みそうなものである。サラリーマンの俊平と生活時間が合わなければ、電話という方法だってあるのだ。現に朋華はそうしている。

なんだか妙な気がしたが、俊平には断る理由がない。

朋華には承知したと伝えてくれるように頼み、待ち合わせに遅れないようにと身支度を整えた。少し早めに家を出ようと戸締まりをしていると、また電話が鳴った。

「もしもし、睦月です」

「あの……友佳です」

受話器の向こうからは、控えめな声が聞こえてきた。これから会うことになっているはずの、友佳の声だ。

「ああ、今から出ようかと……」

「今日の七時に、クリスマスの時にいった公園に来て欲しいんです」

「え……？」

俊平の言葉を遮って友佳が口にしたのは、つい先ほど明華が伝えてきたキャンディの意向とはまるで違う場所だった。

「え……ちょっと待ってよ。今、七時にＭｉｎｋｅｓｔの前にって伝言が……」

「私、待ってます。じゃあ」

「お、おい……友佳ちゃん？」

俊平の疑問を無視して、友佳はそれだけを言うと一方的に電話を切った。

……どういうことだ？

わけが分からずに、俊平は受話器を握りしめたまましばらく呆然《ぼうぜん》とした。

予定を変更しようということなのだろうか？　……いや、それだけではないような気がする。電話の友佳は、明らかに様子が変だった。

俊平は玄関から飛び出すと、隣の部屋のベルを鳴らした。

だが、返事はない。何度もベルを鳴らしながら覗《のぞ》き窓から中の様子を伺ったが、部屋に友佳がいる気配はなかった。

たぶん、さっきの電話は出先からだったのだろう。

……だとすると、友佳はＭｉｎｋｅｓｔにいるのか？

慌てて部屋に戻って友佳の携帯に電話したが、電源が切られているようです、とのメッセージが流れるだけだ。店に電話してみようかと思ったが、Ｍｉｎｋｅｓｔでは女の子には電話を取り次いでくれない。

俊平は少し考えて、今度は明華の携帯に電話した。さすがに客の相手をしている時は応じないが、幸いにも待機中だったようだ。

「はい、明華です」

「オレだ、俊平だ。友佳……いや、キャンディは店にいるか？」

「どうしたんですか、いきなり？」

「いいから、答えろ」

勢い込んで尋ねると、明華も俊平の様子になにかを感じ取ったのか、慌てて今日は出勤していないと答えた。俊平への伝言は、昨日のうちに頼まれていたらしい。

……じゃあ、どっちにいるのか分からない。

俊平は明華に礼を言って電話を切ると、壁に掛けてあった時計を見上げた。約束の七時まで、あと三十分もない。俊平は迷っていた。

キャンディとの約束の場所は店の前。

友佳との待ち合わせは公園。

どちらも同じ七時だ。

……何故、友佳はこんなことを？

そう考えた時、俊平の脳裏に閃《ひらめ》くものがあった。確証はない。だが、次の瞬間、俊平はその場所に向かうために部屋を飛び出していた。


俊平は迷った末に公園に向かっていた。

友佳とクリスマスの時にいったあの公園だ。

時間を節約するためにバスに乗って駅に出ると、走って公園に向かう。公園に着くまでの間、俊平はずっと、朋華に託した伝言と電話の内容が食い違っていることを考えていた。

公園到着は七時になる五分ほど前だった。

もし、俊平の読みが外れていたら、今からＭｉｎｋｅｓｔに向かっても、到底約束の時間にたどり着くことは不可能だろう。

……けど、たぶん友佳はここにいる。

俊平は友佳の姿を求め、公園の中のある場所を目指して歩いた。そして、数分ほど歩いて、目的の場所である池のほとりまで来た時……。

友佳の姿を見つけた。

「友佳ちゃん」

声を掛けると、友佳はホッとしたような表情で振り返り、俊平に近寄ってきた。

「俊平さん……私の方に来てくれたんですね」

「……やっぱり試してた？」

「ごめんなさい……私……」

そう言って、友佳は申し訳なさそうに俯《うつむ》いた。

友佳とキャンディ。

二つの顔を持つ女の子は、最後に不安になったのだろう。俊平が望んでいるのが、現実世界の友佳なのか……それとも夢の中のキャンディなのか。

この奇妙な二つの呼び出しは、それをはっきりさせるのが目的だったのだ。

「いや、いいんだよ」

俊平は大きく首を振って見せた。

「でも……私は……」

「オレが好きなのは友佳だ。初めて会った時から……街で偶然に見かけた時から、ずっと好きだった」

黙って俊平の言葉を聞いていた友佳は、やがてなにかを決断したように顔を上げた。

「この前のお返事……」

そこまで言うと、友佳は俊平に近付き、そっと唇を重ねてきた。

……これが返事？

短いキスの後、友佳は寄り添うようにして俊平を見上げた。

「前も今も気持ちは同じよ。俊平さん……あなたが好き」

「…………………」

俊平は無言で友佳を抱きしめた。そして、今度は自分から唇を重ねていく。触れるだけのキスを……長く、時が経つのを忘れるほどに。


どちらが誘ったというわけではなく、それは自然の流れだった。

マンションまで戻った二人は、そのまま俊平の部屋に入った。もはや、言葉を交わす必要もない。俊平は友佳の身体を抱き寄せると、ゆっくり唇を重ねていった。公園での軽いキスなどではなく、深く……友佳のすべてを感じ取るかのようなキス。

「ん……んん……」

舌を絡め、唇をなぞるようなキスを繰り返しながら、俊平は友佳の身体を抱えるようにしてベッドの上へと倒れ込んだ。友佳は腕を俊平の首に回して身体を密着させると、互いの鼓動が感じられるほど強く抱きしめてくる。俊平が服の上から胸に触れると、小さく身体を震わせた。

「友佳……?」

「ううん、平気。なんだか……緊張しちゃったの」

キャンディの時は大胆なほどなのに、その仮面を外した友佳は、好きな男との初めてのエッチに怯《おび》えるごく普通の女の子であった。

俊平は少し意外に感じながらも、友佳を安心させるために軽いキスをしてから、ゆっくりと服のボタンを外していった。

服を脱がせ、ブラジャーを肩から抜くと白い肌が露出した。そのきめ細かい肌に触れ、俊平の心拍数は一気に跳ね上がった。首筋にキスの雨を降らせ、ふくよかな乳房を包み込むようにして愛撫《あいぶ》する。

「あ……んっ……」

友佳の身体をゆっくり……確かめるように、舌と手で愛撫していく。俊平は自分の息が荒くなり、頭の中が白くなっていくのを自覚していた。いつもと同じことをしているはずなのに、俊平の手も緊張して僅かに震えている。

遊びではなく、本心から好きな相手を抱く行為というのは特別なものらしい。たぶん、友佳も俊平と同じ気持ちなのだろう。

「友佳……好きだよ」

俊平は少し身体を離すと、自分の下にいる友佳の顔を見つめた。

「私も、俊平さんが好きよ」

友佳もうっすらと涙の浮かんだ目を細めて、俊平に向けて笑みを浮かべた。その笑顔を見ただけで、俊平は心が満たされていく感じだった。快楽を別にすると、身体で繋《つな》がるというのは心の繋がりを再確認するための行為なのかもしれない。

落ち着きを取り戻した俊平は、再び友佳の胸に舌を走らせ、尖《とが》った乳首を舌先でつついた。同時に、乳房を手で優しく包み込みながらゆっくりと揉《も》みしだいていく。

「あっ……んんっ……あぁっ」

友佳は唇を噛みしめたが、その合間からも甘い吐息は洩れだしてくる。

俊平は友佳の内股《うちまた》に手を伸ばすと、手のひらで股間《こかん》を覆うようにして触れた。熱くなったそこからは、すでにショーツの上からでも分かるほどの湿り気を感じた。

「ダメ……あっ……」

ショーツ越しに割れ目をなぞると、友佳は大きく身体を揺らして反応した。その姿に、俊平の気持ちは徐々に高みへとのぼっていく。指をショーツに掛け、お尻の方から脱がせていっても抵抗はしなかったが、俊平に全裸を晒《さら》した友佳は顔を真っ赤に染めた。

「……恥ずかしい」

「恥ずかしいことなんてないさ」

「でも……とってもドキドキするの。こんな気持ち、キャンディの時にはなかったのに」

「オレだってそうさ。オレは君のすべてが見たい……すべてが知りたいんだ」

「うん……」

友佳が頷《うなず》くのを確認すると、俊平は再び股間に指を這《は》わせていった。桜のように淡く赤みを帯びたそこを指で優しく愛撫した。

「ああああっ……んああっ……」

クリトリスを探りあて、指で押したり、つまんで転がしたりして刺激を与えていくと、花びらから溢《あふ》れる蜜《みつ》が指を伝って俊平の手を濡《ぬ》らした。クリトリスもみるみるうちに固さを増していく。

「はぁっ……あはぁぁん。私……ヘン……ヘンになっちゃいそう」

「気持ちいい？」

「う、うん……でも……あなたも」

「……うん」

俊平は素早く服を脱ぐと、裸の身体を友佳に重ねた。体温が直に伝わってくるのを感じると、俊平のモノは一気に熱くなった。それを割れ目にそって擦《こす》りつけるように、何度も往復させていく。更に溢れた蜜が俊平のモノを濡らしていった。

「入れるよ？」

照準を定めるように中心に先端を押し当てると、友佳の身体がひくっと跳ね上がった。

蜜が亀頭部分を濡らし、友佳のぬくもりが伝わってくる。

今まで何度も身体を合わせていたが、ここから先は初めての領域だ。

「ああ……入れて……あなたのが……欲しいの」

友佳はそう言いながら、大きく息を吐いて身体の力を抜いた。その瞬間を見計らって、俊平はゆっくりと友佳の中に身体を沈めていった。先端から覆われていった熱さは、やがて根本まで俊平のすべてを包み込んでいく。

「あああんっ……はぁ……ううっ」

友佳の口から苦しみとも快感とも取れる喘《あえ》ぎ声《ごえ》が漏れた。

「友佳？」

「大丈夫。でも……そのまま少しジッとしてて」

「あ、ああ……」

俊平は一度軽くキスすると、言われた通りにしばらくジッとしていた。イメクラで働いていながらも、友佳はあまりこちらの経験がなかったようだ。彼女の内部は狭く、ギュウギュウと俊平のモノを締め付けてくる。

素肌から伝わる友佳の体温にも刺激され、俊平はそのままイッてしまいそうになった。

「俊平さん……して……」

「ん……」

友佳から動く許可をもらうと、俊平はゆっくりと腰を揺らした。熱い……友佳の内部の感触は、一つ動く度に俊平の興奮を高めていく。

「あぁっ……んくぅぅ……ふあぁぁ……んあっ」

友佳は俊平の首に手を回し、自分の方へと引き寄せた。俊平のモノを自分の奥深くへと導き入れるかのように。

「んん……ああっ……俊平さん……もっと……」

「友佳……」

俊平は友佳の要望に応《こた》えるように、呼吸を合わせて徐々にペースを上げていく。身体全体を使って友佳を突き上げ、内部を掻《か》き回す。部屋には二人の呼吸音だけが響いた。

「はあ……はあ……友佳」

「ふぁぁ……あなたのが……中で……もう……あぁぁぁんっ」

友佳にも感じるのだろう、俊平のモノが中で固さを増していく。もう少し、友佳の身体を味わいたかったが、そろそろ下半身に限界が来ている。

「も、もう……イキそうだ」

「んあぁぁ……き、きて……あああっ」

最後が近いことを感じて、俊平は無心で腰を動かした。友佳はその刺激に耐えかねるように激しく乱れ、長い髪がベッドの上を淫《みだ》らに彩る。

「ダメだ……イクよ……友佳」

「あっ…あっ…ああああっ……」

友佳がベッドの上で身体を仰け反らせると、痙攣《けいれん》を起こしたように数回跳ねた。目を閉じて最後の絶頂を感じさせるように。

そして、俊平も友佳と一緒に終わった。


「お店……辞めなよ」

行為の後……。

ベッドに並んで身体を横たえていた俊平は、友佳の髪をそっと撫《な》でながら言った。

「どうして？」

「……辞めてくれないか」

友佳の質問に答えず、俊平はただ同じ言葉を繰り返した。付き合う以前ならともかく、一度自分のものにしてしまうと、友佳が店で他の男と触れ合うと想像するだけでもいやだった。身勝手な独占欲であることは十分に承知しながらも。

「そうして欲しいの？」

「ああ、オレのために……オレだけの友佳でいて欲しい」

それはキャンディを消滅させることを意味しているのだが、俊平にとって大事なのは、キャンディではなく友佳なのである。

その俊平の気持ちを察したのか、友佳は少し間をおいてから頷いた。

「うん。お店……辞める」

「ありがとう」

俊平は手を伸ばして友佳の身体を抱き寄せた。

ここにいるのはMinkestのキャンディではない。俊平だけの友佳だった。

……へえ、これは凄《すご》いな。

指定された部屋の中は、いかにも中世のヨーロッパの城を模したかのような豪華な内装の部屋であった。一定間隔で吊《つる》されたランプが、薄暗い部屋の中を煌々《こうこう》と照らしている。

その一番奥には、いかにも主人が座りそうな革張りの豪奢《ごうしゃ》なイスが置いてあった。俊平はとりあえずそこに腰を下ろして、キャンディが来るのを静かに待った。

Minkestを訪れるのは久しぶりだったが、おそらくこの店に来るのは今日が最後になるだろう。

そう……キャンディは今日を限りにMinkestを辞めるのだから。

最後の客になって欲しい、という友佳の願いを俊平は喜んで受けた。キャンディと遊ぶのはこれで終わりだ。だったら、目一杯遊ぼうと思ったのである。

バン！

突然、派手な音を立ててドアが開いた。

「ついに見つけたわよ、悪魔王」

やたらとひらひらした服を着たキャンディが、部屋に入るなりそう叫んだ。手にはなにやら奇妙な形をしたステッキのようなものを持っている。

「な……なんだ、その格好は？」

「格好なんてどうでもいいの。私はこの繁華街を守るためにやってきた、正義の魔女っ娘《こ》、プリティキャンディよ」

今回の内容はすべてキャンディに任せてあったのだが、どうやら魔女っ娘もののようだ。それもずいぶんとローカルな正義の魔女っ娘らしい。

「で、オレになにか用か？」

「とぼけないでっ、正義の魔女っ娘が魔王に会いに来たのよ？　言われなくたって分かっているでしょ？」

「ひょっとして、オレを倒しにきたとか？」

「あたり～」

キャンディはニンマリと笑うと、手にしていたステッキを俊平に突き付けた。

「ストーキング、セクハラ、覗きに痴漢に下着ドロ。果ては盗撮まで、あらゆる悪事をし尽くした罪は、しっかりと償ってもらうからねっ」

「ち、ちょっと待て！　オレがそんなことをしたのか？　しかも、全部が性犯罪で……それじゃ、まるっきり変態みたいじゃないかっ⁉」

「だって……そうでしょ？」

真顔で言われると、なんだか本当にそうだったような気もしてくる。まあ……とにかく俊平の役どころは、どうしようもない悪魔王というわけだ。

「というわけで悪魔王、覚悟しなさい！」

なんだか理不尽な気もしたが、ここで素に戻ってしまっては興ざめだ。俊平は仕方なく悪魔王の役を甘受することにした。

「ふん、やれるモンならやってみろ」

「言われなくてもやるわよっ。受けてみなさいっ、私の究極魔法を」

キャンディはＴＶアニメの魔女っ娘よろしく、ステッキを振りかざして奇妙なポーズを取った。どこで研究したのか知らないが、それなりに様になってる。

「いくわよっ！　究極魔法エナジーバキュームッ！」

「うおおおっ」

ステッキがチカチカと明滅しながら、派手な音を立てた。

が……。

「………………」

「な、なんで魔法が使えないのぉ？　このままじゃ襲われちゃうゥ」

「……自分で言うか？　まあ、いいや……お望みならそうしてやる」

俊平はキャンディに近付くと、その腕を掴《つか》まえて自分の方に引き寄せた。

「きゃああ……なにするのよ？」

「だから、悪魔王の反撃だろ？」

キャンディを強引に押し倒すと、俊平はその上に馬乗りになって上着をはだけさせた。

整った形をした真っ白な双丘がプルリと震えながら露わになる。

「ははぁ、こりゃ見事なおっぱいだ」

「イヤ～ン」

「へえ……襲いがいがあるなぁ」

馬鹿馬鹿しい設定だが、こういうのもたまにはいい。なんだか、本当に自分が悪魔王になったような気がして思わず興奮してしまった。

「は、離しなさいよォ、この変態っ！」

「言われて離すようなら、変態とも悪魔王とも呼ばれないさ。さて、触り心地は……と」

「あっ……」

俊平は左手でキャンディの身体を押さえながら、右の手のひらで胸をまさぐった。丸い綺麗《きれい》な乳房が、俊平の手に合わせていびつにゆがむ。ふにふにと指の食い込む感触が実に気持ちいい。

「ああんっ」

「うーん……大きすぎず小さすぎず、固すぎず柔らかすぎず、弾力も程よく見事な感触。実に素晴らしいおっぱいだ」

「ああんっ！　やめなさいってば……ああっ……」

キャンディは小さく吐息を漏らすと、逃げるように身体を捻った。しかし、俊平はそれを許さず、右手の動きを速めていく。

「ははは、暴れても無駄だ。おとなしく諦《あきら》めろ」

「あっ……はぁぁん……そ、そんなのイヤ……」

「でも、身体は喜んでいるみたいだぞ、ほら」

「キャッ」

柔らかな膨らみの頂点にある小さな突起に、軽く触れてみた。見る見るうちに固くなり、コリコリとした感触を返してくる。

「あぁん……」

「もう乳首がこんなになってるぞ。感じている証拠じゃないか」

「ふああん…そ…そんなこと…ないもん……」

キャンディは自分の指を噛んで攻めに耐えながら、俊平の言葉を否定するように大きく首を振った。

「む、お前は……正義の味方のくせにウソをつくのか？」

「ウソなんてついてないもん……」

「じゃあ、そんなウソなんて、すぐにつけなくしてやるぞ」

俊平はそういって、胸をまさぐっていた手をキャンディのスカートの中に潜り込ませた。

「きゃあ、犯されるぅ～」

……その時。

「待ちなさい」

部屋のドアが開いて、キャンディと同じような格好をしたＣａｎｄｙが現れた。事情の分からない俊平は、急に飛び込んできたＣａｎｄｙを見て唖然《あぜん》としてしまった。

「今日は二人で相手することにしたの」

俊平の下敷きになっていたキャンディが、こそっと耳打ちするように囁《ささや》いた。

Ｍｉｎｋｅｓｔで３Ｐができるという話は聞いていたが、実際には試してみたことはなかった。最後ということもあって、キャンディが事前にＣａｎｄｙを誘ったらしい。

「キャンディさん、私が来たからにはもう安心です」

「むむっ……おまえは一体何者だ？」

俊平はキャンディ企画に乗ることにした。この店での遊び納めには、今までずっと相手をして来た二人のキャンディが一番相応しいだろう。

「私はキャンディさんの仲間の……えっと……正義の魔女っ娘Ｃａｎｄｙです」

「……おまえもオレを倒しに来たのか？」

「まあ、そんなところです。素直に言うことを聞けば悪いようにはしません。おとなしく降伏しませんか？」

「なんで？」

「え、なんでって……」

俊平の問いに、Ｃａｎｄｙは戸惑ったように瞬きした。

「こっちには人質がいるんだぞ？　それを真っ正面から挑んできて、おまえに勝ち目はあるのか？」

「……考えてみればないですね」

Ｃａｎｄｙはぺろりと舌を出すと、困ったように頭をかいた。

「ちょっとＣａｎｄｙちゃん、なにか手があるんじゃないの？」

「ありません。でも、キャンディさんごと敵を倒していいっていうなら話は別ですよ」

「それはやめて……」

「ふっふっふっ……まぁ、そういうわけだから、大人しくしなさい。逆らったら、先輩はドカーンだからな」

「わ、分かりました」

素直に頷くCandyを呼び寄せると、俊平はキャンディを上にして、二人をシックスナインのような体勢を取らせて身体を縛り付けた。

「う～ん、いい眺めだ」

女の子二人が身動きできない状態で絡み合う姿も、なかなかそそるものがある。

「ううっ、恥ずかしいですぅ」

「ほどきなさいよ、この変態っ」

「そんなことを言ってられるのも今のうちだ。見せてやるぞ、オレのテクニックを」

俊平はキャンディの下着を手早く剥《は》ぎ取ると、花びらに指をすっと滑らせた。そのまま指の腹の部分を使い、こしこしと表面を擦り上げる。

「あっ……あぁぁん」

キャンディがうっすらと涙を滲《にじ》ませながら、短い喘ぎ声を漏らし始めた。それを聞きながら、俊平は指先を割れ目の中へと忍ばせ、ゆっくりと内部を掻き回していく。

「ふふふ……どうだ、気持ちいいだろう？　オレのゴッドフィンガーは」

「あのぉ、なんで悪魔王のくせにゴッドフィンガーなんですか？」

キャンディの下にいるＣａｎｄｙからツッコミが入る。

「いいじゃないか、細かいことは」

俊平は誤魔化《ごまか》すように、キャンディの内部に入り込んだゴッドフィンガーの動きをアップした。急速に送り込まれる快楽に、キャンディは何度も大きく頭を振った。反動で細くしなやかな髪が揺れる。

それは不意にＣａｎｄｙの股間をさらりとくすぐり、思わぬ快楽を作り出した。

「あっ……んっ」

「あれ？　ひょっとして、髪の毛で感じちゃった？」

「そ、そんなことありません……」

「どれどれ、本当か？」

Ｃａｎｄｙの股間に手を伸ばすと、触れた瞬間しっとりとした感触が伝わってきた。俊平はついでとばかりにＣａｎｄｙのショーツを脱がせ、ゆっくりと柔らかな花びらの肉質を愉《たの》しむように、表面に指を走らせていった。

「ひゃぁあ……はぁ……ああんっ」

俊平は両手の指を、それぞれのキャンディの内部へと滑り込ませていった。締め付けの強さや温かさの違いを楽しみながら、うねる粘膜に刺激を与え続けていく。

「はぁ……ふぁぁぁん……ああっ」

「んんっ……ひぅぁぁぁ……」

二人の喘ぎ声が、徐々に高くなってくる。キャンディが大量に溢れさせた愛液が、指を伝ってはCandyの顔の上にポタポタとこぼれ落ちた。

「あぁ……んぁぁぁん……気持ちいいよぉ」

「じゃあ、ひょっとして、そろそろオレが欲しくなったんじゃないか？」

「はあはあ……ほ、欲しい……」

キャンディが腰をうねらせながら、俊平の問いに小さく答える。

「そんな小さな声じゃ、聞こえないなぁ」

「ほ……欲しいの……悪魔王のを……く、くださいっ」

「おまえはどうだ、Candy？」

「はぁ……はぁぁぁん……わ、私も……欲しいですぅ」

「よおし、二人まとめて、たっぷりと可愛がってやるぞ」

俊平は二人の戒めを解くと、服をすべて脱がせて全裸にし、動物のように四つん這いにさせた。背後に回り込みながら自らも服を脱ぎ捨て、二つの淫裂《いんれつ》をじっくりと見比べた後、濡れ具合のよい方にペニスを滑り込ませた。

「あぁぁ〜〜んっ」

一突き目で、キャンディは早くも快楽の声を響かせた。背筋にぞくぞくするものを感じながら、俊平はゆっくりとスライドを開始する。キャンディが相手なら、本当に入れてしまっても構わないのだが、ここは店でのルールに従って素股で我慢した。

「はぁ……あぁぁ……んっ……んぁぁぁ」

「ああんっ、キャンディさんばっかりズルイです」

Ｃａｎｄｙがすぐ横で、俊平の腰に丸いヒップを擦り寄せてきた。

「よし、ちょっと待ってろ」

俊平はキャンディの淫裂からペニスを離すと、今度はＣａｎｄｙの股間に向けてペニスを滑らせていく。素股でもクリトリスや入り口に刺激が加えられるので、Ｃａｎｄｙはうっとりとした表情を浮かべている。

「はぁぁ……んっ……ふぁぁぁ」

キャンディの声に劣らず、淫靡な響きを含んだ歌を聴かせながら、Ｃａｎｄｙは腰骨で綺麗な曲線を描く。俊平は尻肉を掴んで、ほのかな熱と柔らかみを感じながら、ペニスの注送を続けていった。新たに溢れ出してくる愛液が、俊平のペニスを根本まで濡らした。

「どうだ、気持ちいいか？」

「ああっ……気持ちいいですぅ」

「ああんっ……あ、悪魔王様ぁぁ……私にもぉぉ」

今度はキャンディが哀願の瞳を向けてきた。しなやかな自分の指を使いながら、濡れた花びらを開き、チュクチュクと慰めている。

「分かった、分かった。それじゃ……今度は交互にいくか」

俊平はそう言うなり、一突きずつ交互に二つの花びらに向けてペニスを滑らせた。

「はぁぁ……あんっ」

「あああっ……んぁぁ」

二種類のメロディが、交互に室内に響く。俊平はその合唱に心を奪われ、ドンドンと高まっていった。激しく二つの淫裂を味わいながら、ついに限界の瞬間が訪れる。

「もう……ダメだ」

「あっ……はぁ……わ、私……もうダメェェェ」

「わ、私も……もう……イッちゃいそうですぅ」

極限まで快楽の大波に耐えた後、俊平は一息に精のシャワーを二人の顔に浴びせた。精液が派手な音を立てて、二人の薄くピンク色に上気した頬《ほお》を白く染めていった。


俊平はＭｉｎｋｅｓｔの前で、その派手なネオンに装飾された看板を見つめていた。

夜だと気付かなかったが、こうして陽の下でじっくりと見ると、随分と薄汚れていることが分かる。だが、日が沈んでネオンが灯ると、誰もそんなことなど気にしないのだ。

ここは一時の夢を見るための場所。

その建物がどんなにボロでも、この扉をくぐれば別世界。

けど、人はいつまでも夢の中にはいられない。客も……そして、夢を与え続ける女の子達でさえも。

「ん……？」

店の扉が開いて友佳が姿を現した。俊平の姿を見ると、小走りで駈け寄ってくる。

「お待たせ」

「お疲れさま」

Ｍｉｎｋｅｓｔでの仕事を終えた友佳は、俊平の言葉にフッと笑みを浮かべると、背後にある店を振り返った。

「これで……もうキャンディはいなくなっちゃったね」

友佳は少し寂しそうな表情を浮かべた。だが、その表情に後悔の色はない。俊平の願いを聞き入れる形で辞めることになったのだが、それは友佳自身が納得した上でのことだ。

ただ、ここで過ごした日々が、少しだけ友佳を感傷的にしているようであった。

「確かに……キャンディはいなくなるけど」

「……え？」

「これで、オレだけの友佳が手に入ったんだ」

「俊平さん……」

友佳はそっと俊平の腕に手を絡めると、表情を改めて明るい声で言った。

「Ｍｉｎｋｅｓｔの卒業記念に、なにか食べにいきましょう」

「……そうだな。なにかリッチなモノでも食べにいこう。オレがおごるよ」

「わーい、なにがいいかな。う〜んと、高いイタリア料理なんてどう？」

「うっ……」

一瞬、サイフの中身を想像して躊躇《ちゅうちょ》した俊平だったが、こんな日にケチケチしてても仕方がない。友佳が一時を過ごした場所から卒業するのだから。

「お、おおっ……任しとけ」

「やったぁ！　じゃあ、お店を探しにいきましょう」

友佳が俊平の腕を引いて歩き始める。

……そう、ここへは戻ってこないけど、これからはずっと友佳が一緒なんだ。

最後にもう一度だけ店を見ようと振り返った俊平の視界に、何者かの黒い影が飛び込んできた。

途端……。

「え……？」

背中に鈍い衝撃が走る。

俊平は、咄嗟《とっさ》になにが起こったのか分からなかった。衝撃を受けた箇所が麻痺《まひ》したように重い。それに伴って、スッと頭から血の気がなくなっていくのを感じた。

「ぼ、僕をコケにしたからだ……ざ、ざまあみろっ」

背後から引きつったような声が聞こえた。振り返ると、そこには以前、友佳に付きまとっていた男が狂気に歪《ゆが》んだ表情で俊平を見つめていた。

その手には血の付いたナイフが握られている。

俊平は、自分がこの男に刺されたことを知った。

「キャアアアッ！」

事態に気付いた友佳の口から、甲高い悲鳴が上がった。同時に、辺りにいた人達が駆け寄ってくると、高らかな笑い声を上げ続けていた男を背後から羽交い締めにした。

俊平はその様子をぼんやりと見つめているうちに、立っていることができなくなった。まるで地面に吸い寄せられるようにして膝《ひざ》をつき、そのまま前へと倒れ込んだ。

「し、俊平さん……しっかりしてぇ」

肩を揺さぶる友佳の手の感触を感じたが、俊平は返事を返すこともできず、僅かに顔を上げるのが精一杯だった。

「誰か……誰か助けてぇ！」

遠のいていく意識の中で、友佳の悲痛な叫び声だけがハッキリと聞こえていた。
最後に見えたのは……友佳の泣き顔だった。

エピローグ

夢を見ていた。

イメージクラブで出会った女の子を好きになって……。

その娘と幸せに暮らしている夢だ。

……夢？

夢だったのだろうか？

「うっ……」

身体を動かそうとすると、背中に激痛が走った。その痛みでまどろみから覚醒《かくせい》した俊平は、自分が置かれている状況が分からずに混乱した。

……どこだろう、ここは。

目を開けて確認すれば済むことだったが、今はその瞼《まぶた》がとても重く感じられる。

「……っ⁉」

誰かが俊平の手を握っている。

温かく……柔らかい手だ。気を抜けば、また暗闇の中へと落ちていきそうになる俊平の意識をつなぎ止めているのは、その柔らかな手だった。

その手の主を確かめようと、俊平は重い瞼を必死になって開いた。たかが目を開けるだけの行為が、これほど大変だと感じたのは初めてのことだ。

「んっ……」

ようやく瞼を開けることに成功した途端、目の眩《くら》むような光が俊平を襲った。

その光の中で、最初に見えたのは……。

「友佳……？」

手を握っていたのは友佳だったようだ。祈るような姿で俊平の手を両手で握りしめている。俊平の声に反応して、友佳はハッとしたように顔を上げた。

「俊平さん……気が付いたの？」

途端、友佳の両目に大粒の涙が浮かんだ。その涙は記憶にあった。そう……意識をなくす前、最後に見た友佳の泣き顔……。

……そうか。

俊平は、ようやく自分が置かれている状況を理解した。

身体が思うように動かないので、視線だけを動かして周りを見回してみる。白い壁と天井。吊《つ》り下げられた点滴用の薬剤パック。ここが病室であることは間違いない。

「オレ……生きてたのか」

「うん、よかった……本当によかったぁ」

友佳はポロポロと涙をこぼしながら、改めて俊平の手を握り直した。

俊平を刺したのは、友佳にストーカー行為をしていたあの男だった。

会社の命令でサンディエゴにいくはずだったが、友佳を襲って俊平に殴り倒された件が警察沙汰になったらしい。近所の人が俊平達との会話を聞いて通報したらしく、駆けつけた警官に事情聴取の形で同行を求められた。

被害者が通報したわけではなかったので、直接なんらかの容疑で取り調べられたわけではなかったが、そのことが会社に知れてしまったらしい。

元々、普段の言動にも問題があったようで、男は会社を追われることになる。

この不景気で再就職のあてもなく、ふらふらと街を徘徊《はいかい》していた時。

Ｍｉｎｋｅｓｔの前にいた幸せそうな俊平達の姿を見て、たまたま持っていたナイフで犯行に及んだのである。

……考えてみれば、哀れだよなぁ。

俊平は、不思議と自分を刺した男を憎むことはできなかった。一つ間違えれば、自分もあの男と同じようになっていたかもしれないのだ。

……朋華に付きまとっていた男もそうだ。

夢から醒《さ》めることを拒否した者達の末路は不幸でしかない。その意味では、自分の現実が夢に呑み込まれてしまうことのなかった俊平は、幸運だったかもしれないのだ。

キャンディではなく、友佳に恋したことが……。

　俊平の傷は、幸いにもナイフの刃渡りが短かったために致命傷にはならなかった。それでも完治するまでにはかなりの時間を要し、ようやく退院する頃には、季節は冬から桜の花が咲く春へと移っていた。

「ねえ、朋華ちゃんから葉書が来てるわよ」

「へえ……なんだって？」

　ベランダに立って洗濯物を干す友佳の後ろ姿を見つめながら、俊平は朋華の名を聞いて、ふとＭｉｎｋｅｓｔでのことを思い出した。過ぎ去ってしまえば、あの店に通っていた頃が幻のように感じられる。

　退院後、俊平は友佳と一緒に暮らし始めていた。俊平の給料だけではさほど裕福な生活はできなかったが、平凡だが穏やかな暮らしが続いている。

「聞いて驚くなよ。なんと、六月に結婚するんだって」

「ええ？　本当にあいつが？」

「そう。それもできちゃった結婚」

「……そりゃ、あいつらしいや」

　友佳がＭｉｎｋｅｓｔを辞めた少し後、朋華も同様に店を辞めている。

「彼がどうしても店を辞めてくれっていうから……」

俊平が入院している時、見舞いに来た朋華がそんなことを言っていたのを覚えている。

どんな男も同じことを考えるようだ……と、俊平は苦笑したのだが、その後の展開は向こうの方が早かったようだ。

「ふふ……ねえ」

「ん？」

「私達も、そろそろ、そういうこと考えようか？」

「…………………」

「あなたの故郷は北海道だったわね？　だったら……暖かい季節にいきたいな」

「…………………」

「なんで黙ってるの？」

友佳は振り返ると、俊平に不思議そうな瞳を向けた。その瞳を正面から見つめ返して、俊平は少しだけ緊張した口調で言った。

「結婚……しようか」

その言葉に、友佳はパッと弾けるような笑みを浮かべたが、同時に悪戯《いたずら》っ娘《こ》のようにくるりと背を向けた。

「ふふふ……考えとくわ」

「え？　なんだよ、それ⁉　考えるな、即答しろっ」

「あはははは」

友佳の幸せそうな笑い声を聞いているうちに、俊平は自分の頬《ほお》が弛んでくるのを感じていた。これから友佳と一緒に過ごす新しい日々が、とても素敵なものに思えた。

END

あとがき

こんにちはっ、最近は頑張って仕事をしている雑賀匡です。

今回お送りするミンク様の「ぺろぺろCandy2 Lovery Angels」は、登場するヒロインが二人だけ……と最近のゲームにしては女の子の数が少な目になっていますが、その分エッチシーンはバラエティに富んでおりますのでご安心を。

舞台がイメクラなので、女の子達のコスチュームも色々です。

全部を書くことが出来ず残念なほどですので、キャンディちゃん達との他のプレイを望まれる方は、是非ゲームの方で（笑）。


……と、本来ならこのあたりでお約束にいって締めくくるのですが、今回はあとがきを3ページも頂いてしまいましたので、もう少し内容のお話をしようと思います。


先ほども言いましたが、今回の舞台はイメージクラブです。

最近、この手のお店は随分とメジャーになっているみたいですが、残念ながら私は行ったことがありません。それで執筆する前に、その手の事に詳しい同業者の方に電話で色々と教えてもらったりしました。

ホント、キャンディちゃん並の女の子がたくさんいるとか（笑）。営業的な部分を除いても、優しい女の子が多いそうですよ。現実での疲れを癒してくれる女の子というのは、男にとっては理想の存在ですね。

ですが、お店でのことは一時の夢と受け止めないと、本編に登場する男達のように悲惨な結末になってしまいかねないので注意しましょう。

今回はキャンディちゃんをメインに持ってきましたが、個人的にはＣａｎｄｙちゃんの方が動かしやすくて好きでした。変な男と付き合ったり、主人公に自立を促されたり……と、あまり良いことのなかった彼女ですが、最後には恋人が出来たみたいなので、ぜひ幸せになって欲しいものです（笑）。

まだページがあるので、少し余談を……。

ノベルを書く場合、最初にゲームのテストプレイをします。ゲームと一緒に、制作会社の方から特別に攻略チャートを頂く場合も多いです。

ここでゲームの雰囲気やら内容やらを把握してノベルにしていくわけですから、テストプレイといえども結構真剣にプレイしてたりします。

ですが……私は粗忽者なのか単にゲーム下手なのか、攻略チャートを見ながらもバッドエンドになったりするのですよ、これが。

そう言えば、五十時間もプレイしているのにドラクエも全然進まないし……あううっ。
……というわけで、そろそろページも埋まってきました。
実を言うと、物書きになる前は、こと「あとがき」というのに憧れていました。
「いつかは自分の本を出して、あとがきを書くんだっ」
と、密かに夕日に誓ったりしたのですが、実際に書くとなると難しいですねぇ。
はっきり言って、今回のあとがきは本編を書くより悩んだかも……（笑）。

では、最後にパラダイムのK田編集長とK崎様、お世話になりました。
そして、この本を手に取っていただいた方にお礼を申し上げます。また、お目にかかれる日を楽しみにしております。

雑賀匡

ぺろぺろCandy 2 Lovely Angels

2000年11月10日 初版第1刷発行

著 者 雑賀 匡
原 作 ミンク
原 画 INO

発行人 久保田 裕
発行所 株式会社パラダイム
〒166-0011 東京都杉並区梅里2-40-19
ワールドビル202
TEL03-5306-6921 FAX03-5306-6923

装 丁 林 雅之
印 刷 株式会社秀英

既刊ラインナップ

定価 各860円+税

1 悪夢 ～青い果実の散花～ 原作:スタジオメビウス
2 脅迫 原作:アイル
3 痕 ～きずあと～ 原作:リーフ
4 慾 ～むさぼり～ 原作:May-Be SOFT TRUSE
5 黒の断章 原作:Abogado Powers
6 淫従の堕天使 原作:DISCOVERY
7 Esの方程式 原作:Abogado Powers
8 歪み 原作:May-Be SOFT TRUSE
9 悪夢 第二章 原作:スタジオメビウス
10 瑠璃色の雪 原作:アイル
11 官能教習 原作:テトラテック
12 復讐 原作:クラウド
13 淫Days 原作:ルナーソフト
14 お兄ちゃんへ 原作:ギルティ
15 緊縛の館 原作:XYZ
16 密猟区 原作:ZERO
17 淫内感染 原作:ジックス

18 月光獣 原作:ブルーゲイル
19 告白 原作:ギルティ
20 Xchange 原作:クラウド
21 虜2 原作:ディーオー
22 飼 原作:13cm
23 迷子の気持ち 原作:フォスター
24 ナチュラル ～身も心も～ 原作:フェアリーテール
25 放課後はフィアンセ 原作:スィートバジル
26 骸 ～メスを狙う顎～ 原作:SAGA PLANETS
27 朧月都市 原作:GODDESSレーベル
28 Shift! 原作:Trush
29 いまじねいしょんLOVE 原作:U・Me SOFT
30 ナチュラル ～アナザーストーリー～ 原作:フェアリーテール
31 キミにSteady 原作:ディーオー
32 ディヴァイデッド 原作:シーズウェア
33 紅い瞳のセラフ 原作:Bishop
34 MIND 原作:まんぼうSOFT

35 錬金術の娘 原作:BLACK PACKAGE
36 凌辱 ～好きですか?～ 原作:アイル
37 My dearアレながおじさん 原作:ブルーゲイル
38 狂＊師 ～ねらわれた制服～ 原作:クラウド
39 UP! 原作:メイビーソフト
40 魔薬 原作:FLADY
41 臨界点 原作:スィートバジル
42 絶望 ～青い果実の散花～ 原作:スタジオメビウス
43 美しき獲物たちの学園 明日菜編 原作:ミンク
44 淫内感染 ～真夜中のナースコール～ 原作:ジックス
45 My Girl 原作:Jam
46 面会謝絶 原作:シリウス
47 偽善 原作:ダブルクロス
48 美しき獲物たちの学園 由利香編 原作:ミンク
49 せ・ん・せ・い 原作:ディーオー
50 sonnet～心かさねて～ 原作:ブルーゲイル
51 リトルMyメイド 原作:スィートバジル

52 flowers～ココロノハナ～ 原作:CRAFTWORKside・b
53 サナトリウム 原作:ジックス
54 はるあきふゆにないじかん 原作:トラヴュランス
55 プレシャスLOVE 原作:BLACK PACKAGE
56 ときめきCheck-in! 原作:クラウド
57 散櫻 ～禁断の血族～ 原作:シーズウェア
58 Kanon～雪の少女～ 原作:Key
59 セデュース ～誘惑～ 原作:アクトレス
60 RISE 原作:RISE
61 虚像庭園～少女の散る場所～ 原作:BLACK PACKAGE TRY
62 終末の過ごし方 原作:Abogado Powers
63 略奪～緊縛の館 完結編～ 原作:XYZ
64 Touchme～恋のおくすり～ 原作:ミンク
65 淫内感染2 原作:ジックス
66 加奈～いもうと～ 原作:ディーオー
67 PILE・DRIVER 原作:ブルーゲイル
68 Lipstick Adv.EX 原作:フェアリーテール

69 Fresh! 原作:BELL-DA
70 脅迫～終わらない明日～ 原作:アイル【チーム・Riva】
71 うつせみ 原作:BLACK PACKAGE
72 Xchange2 原作:クラウド
73 M.E.M.～汚された純潔～ 原作:アイル【チーム・ラヴリス】
74 Fu・shi・da・ra 原作:ミンク
75 絶望 ～第二章～ 原作:スタジオメビウス
76 Kanon～笑顔の向こう側に～ 原作:Key
77 ツグナヒ 原作:ブルーゲイル
78 ねがい 原作:RAM
79 アルバムの中の微笑み 原作:curecube
80 ハーレムレーサー 原作:Jam
81 絶望 ～第三章～ 原作:スタジオメビウス
82 淫内感染2～鳴り止まぬナースコール～ 原作:ジックス
83 螺旋回廊 原作:ruf
84 Kanon～少女の檻～ 原作:Key
85 夜勤病棟 原作:ミンク

86 使用済～CONDOM～ 原作:ギルティ
87 真・瑠璃色の雪～ふりむけば隣に～ 原作:アイル【チーム・Riva】
88 Treating 2U 原作:ブルーゲイル
89 尽くしてあげちゃう 原作:トラヴュランス
90 Kanon～the fox and the grapes～ 原作:Key
91 もう好きにしてください 原作:システムロゼ
92 同心～三姉妹のエチュード～ 原作:クラウド
93 あめいろの季節 原作:ジックス
94 Kanon～日溜まりの街～ 原作:Key
95 贖罪の教室 原作:ruf
97 帝都のユリ 原作:スィートバジル
98 Aries 原作:サーカス
99 LoveMate～恋のリハーサル～ 原作:ミンク
102 ぺろぺろCandy2 Lovely Angels 原作:ミンク
103 夜勤病棟 ～堕天使たちの集中治療～ 原作:ミンク

好評発売中！

104. 尽くしてあげちゃう2
～なんでもしちゃうの～

トラヴュランス　原作
内藤みか　著

一人暮らしの大輔は、ひょんなことから女の子と同棲することに。一日中、サービス満点の生活が…。

12月

105. 悪戯III

インターハート　原作
平手すなお　著

勝彦は電車「下の手線」での痴漢の常習犯。ひょんなことから知り合った少女に、ある女に悪戯をしてくれという相談を受ける。

12月

12月

107. せ・ん・せ・い2

ディーオー　原作

秀一は現国教師の久美子に恋心を抱いていた。だが、彼女に結婚話が持ち上がったとき、秀一の中で久美子を独りじめしたいという欲望がわき起こった…。